集英社オレンジ文庫

# 威風堂々悪女 12

白洲 梓

本書は書き下ろしです。

# 威風堂々悪女 12

もくじ

# 威風堂々悪女 12

# 一章

突風に薙《な》ぎ倒されるがごとく崩れた軍勢は、やがて潮が引くように退却を始めた。クルムの騎馬兵が、それを容赦なく猛追する。

江良《こうりょう》はその様を、呆然と見下ろしていた。やがて遅まきながら、この城が命長らえたことを悟った。

突如《とつじょ》現れた異民族の一軍。その一部は敗走する朔辰軍《さくしんぐん》を追っていったが、大半が城の周囲に展開したままである。その中から数騎が、城門の前へと駆けてくる。先頭を行く小柄な騎手が、こちらを見上げた。

目が合うと、江良は声を張り上げた。

「門を開けよ！」

ぱっと身を翻《ひるがえ》すと、急いで階段を駆け下る。気ばかりが急《せ》いて、足が追いつかない。

息を切らしながら、ようやく重苦しい音を立てて開き始めた門まで辿《たど》り着く。開け放た

れたその狭間《はざま》を縫うように光が細い線となって、暗く淀《よど》んでいた城内を照らし出した。それは不思議なほど眩《まぶ》しく、そして甘美《かんび》ともいえる光景だった。

陽炎《かげろう》のように、一人の女性の姿が揺らめいて浮かび上がる。背に光を負い、その縁《ふち》はちらちらと輝きを放ちながら、ほっそりとした彼女の体の線が風になびく髪の一本一本に至るまではっきりと捉《とら》えることができた。

江良は思いがけず、自分が涙ぐみそうになっていることに気づいた。

彼女が現れた途端、世界が色を取り戻し、息を吹き返していく。

(この、世界――)

それは彼にとっての世界。彼にとっての国。彼にとっての、未来だった。

雪媛《せつえん》は立ち尽くしている江良に気がつき、馬を止めた。

「江良!」

大地に降り立つと、軽やかに身を滑らせ、風を切る。

彼女が踏みしめた土が、歩んだ道が、触れた空気まで、途端に真白く染め上げられ、清涼な風が吹き寄せてくるのを感じる。

江良は抗《あらが》えぬ思いで、恭《うやうや》しく跪《ひざまず》いた。

「――よく、お戻りくださいました」

声がわずかに、震えた気がした。

彼女の白い面《おもて》を、眩しい思いで振り仰ぐ。化粧もせず髪を結いあげもせず、かつて後《こう》宮《きゅう》で皇帝の寵姫《ちょうき》として栄耀《えいよう》たる権勢をふるった面影《おもかげ》は、そこにはない。

それでも、これまで見たどんな雪媛よりも、力強い輝きに満ちていた。

「お前は、都にいるとばかり思っていた」

「いろいろ、ございまして。秋海《しゅうかい》様のことはご安心を。安全な場所に移っていただいております」

秋海の名を耳にして、雪媛は目に見えて安堵《あんど》の表情を浮かべる。

「そうか」

雪媛は膝《ひざ》をつくと、両手で江良の手を大事そうに握りしめた。

「江良の顔を見たら、ほっとした。私は本当に、帰ってきたんだな」

一瞬、幼い少女のような表情が揺れた。

「また会えて、嬉しい」

浮かんだ笑みは、懐《なつ》かしい者への愛《いと》しさを惜しみなく湛《たた》えている。こんな表情をする人だっただろうか。江良は暫《しば》し、目の前の女人《にょにん》に見入った。

彼女の手に引かれるように立ち上がる。

同時に、その背後に影のごとく立つ人物に気がつくと、じわりと嬉しさがこみ上げた。

「元気そうだな、青嘉《せいか》」

「ああ。江良も」

青嘉も嬉しそうに笑った。

互いに肩を叩き合う。ふと青嘉の表情が曇った。

江良の衣《ころも》についた血痕に気づいたのだ。

「怪我《けが》を？」

「いや、返り血だ。この俺まで剣を手にするようじゃ、この国も本当におしまいだと覚悟したよ」

「敵を斬ったのか？　江良が？」

驚きに目を剝《む》いている従兄弟《いとこ》に、江良は苦笑する。

「向いていないな、やはり。俺が本領を発揮できる世はもう来ないのかと絶望しそうだった。──あの旗を見るまでは」

白くはためく、『雪《せつ》』と書かれた旗を仰ぐ。

「『柳《りゅう》』でもなく、『尹《いん》』でもないのですね」

そう語りかけると、雪媛は うん、と頷《うなず》いた。

「私の、旗だからな」

江良は頷く。

「これこそ、雪媛様にふさわしい旗であると思います」

「江良なら、そう言ってくれると思った」

雪媛はにこりと微笑んだ。

「……真に、あなた様でありましたか」

そう呟《つぶや》いて近づいてきたのは、信じがたいという表情を浮かべた雀熙《じゃくき》であった。

雪媛はぱっと彼に向き直り、称賛《しょうさん》の色を瞳に湛えた。

「大雀《だいじゃく》！　よくぞここまで持ちこたえた！」

「一体、これはいかなることでございましょう。私の目に狂いがなければ、あれはクルムの軍勢ではございませんか？」

「クルムのカガンに少し貸しがあったのでな。兵を借り受けてきた。ほんの一部だが」

「クルム……つい先日、新たなカガンが立ったと聞きました。ではこれまでずっと、クルムにおいでに？」

雪媛は頷く。

「そうだ。雀熙殿、すまぬが瑞燕国《ずいえんこく》内の状況を詳しく教えてほしい。遠い異国に聞こえて

くる話には限界がある」

雀煕は低く、探るように言った。

「ひとつ、お尋《たず》ねしてもよろしいか」

「何だ」

「何故《なにゆえ》、お戻りになられたのです」

雪媛は、雀煕をひたと見据えた。

「――この国は、私にとっても故国であるということだ」


退却した朔辰軍は、すでに陥落させていた国境近くの城に入り態勢を整えている、と追撃した潼雲《どううん》から報告があったのは宵闇《よいやみ》が近づいた頃だった。雀煕の執務室で、卓上に広げた地図を見つめながら雪媛は思案《しあん》する。

国境付近での朔辰国との戦《いくさ》は、玉瑛《ぎょくえい》の知る歴史上にも幾度か発生している。瑞燕国が優勢なこともあれば、その逆もあった。

(今回はなんとしてでも押し返し、当面の憂《うれ》いを除かなくてはならない)

「朔辰軍を率いているのは、彭廸《ほうてき》という男です。まだ若く、朔辰国内での反乱を鎮圧《ちんあつ》した

功で最近将軍に取り立てられたとか」

「彭廸……」

江良の説明を聞いて、雪媛はちらりと青嘉の顔に視線を向けた。

その頬に刻まれた傷痕《きずあと》。雪媛を守るために負った傷。

本来の歴史では、王《おう》青嘉の顔に傷をつけるのは、この彭将軍であったはずなのだ。

歳の頃は青嘉より五つ上。彼との戦は、王青嘉将軍の戦歴の中でも語り草となっている名勝負が多い。実力が伯仲《はくちゅう》し、まさに好敵手と呼ぶにふさわしい相手だった。

ある時、その戦いの中で奇跡のような一騎打ちが起こり、王青嘉は永遠に刻まれる頬傷を負った。しかし互いに戦局を見てその場を離脱したため、一騎打ちの決着はつかなかったという。

彭廸はたぐいまれなる戦上手として名を馳《は》せ、しかし略奪行為を一切許さぬ高潔さを併《あわ》せ持ち、捕虜に対する扱いも寛大で、武人の鑑《かがみ》と内外から評価され絶大な人気を誇った。まさに、朔辰国における英雄であった。

しかしやがて朔辰国内のある文官による謀略により、瑞燕国との内通を疑われ、彭廸は彼の仕《つか》える皇帝の命《めい》で処刑されてしまったという。王青嘉にとっては、最後まで雌雄《しゆう》を決することのできなかった因縁《いんねん》の男だ。

（よりによって彭将軍か……この頃はまだそれほど名が知れていないにしても、手ごわい相手に違いはない）

「敵の本国からさらに援軍が来る前に、叩かなくてはならない。その上で、こちらに有利な条件で停戦交渉に持ち込む。――青嘉」

「はい」

「お前に任せる。できるな？」

王青嘉将軍ならば、必ず勝利を得るはずだった。

（玉瑛の知る、王青嘉なら）

青嘉は少し居住まいを正し、静かに言った。

「ご命令とあらば」

「雀熙殿、この城の兵も一部連れていきたいが構わぬか。代わりにクルムの兵を同じ数だけ城の守りに当てる」

雀熙は頷いた。

「もちろんです。この国を守る戦いに、この国の兵が不在では話になりません。これはあくまで瑞燕国の戦いであるということを、内外に示す必要がある――そういうことでございますな？」

「そうだ。青嘉、聞いたな。すぐに準備にかかれ」

「は。――燗流《かんる》殿」

扉の外に待機させていた燗流が、呼ばれて顔を出す。

「はい」

「俺がいない間、雪媛様を頼みます」

「お任せください」

クルムから瑞燕国へ至るまでの道のりも、燗流は常に雪媛の傍《そば》に控えた。すでに専属の護衛官と言っていい。

潼雲と連れ立って、青嘉が部屋を出ていく。すると雀熙が、「食べますか」とおもむろに飴《あめ》の入った包みを差し出した。

雪媛は思わず笑ってしまう。

以前こうして顔を合わせたのは、取り調べの席であった。そこでもこうして、飴を勧《すす》められたのだ。

「相変わらずだな。――いただこう」

ひとつ手に取り、口に放り込む。

「雪媛様。おわかりとは存じますが、あなたの立場は現在大変複雑なものです。陛下は

——私が申し上げる陛下とは、あなたがお仕えしていた陛下のことですが——あなたに関する情報に莫大《ばくだい》な報奨金《ほうしょうきん》を与えると触れを出し、血眼《ちまなこ》になって探しておられます。また、現在都にて皇帝を僭称《せんしょう》する環王《かんおう》もまた、あなたを探すよう四方に人を送り込んでいるとか」

飴を舌の上で弄《もてあそ》びながら、雪媛は黙って話を聞いていた。

「なるほど。それで、あなたは私をどちらに売る？」

雪媛の問いに、雀熙は至って平坦な口調で返す。

「私が何も申さずとも、すぐに噂は広まりましょう。柳雪媛が、異民族を従えて戻ってきた、と。——どちらが先にここへやってくるかわかりませぬ。後宮の妃《きさき》が、内乱の最中《さなか》とはいえ逃亡し、他国へ渡っていたとなれば罪に問われることは必定《ひつじょう》」

「私を匿《かくま》っていたと咎《とが》められることはないと約束しよう」

「そのようなことを憂《うれ》いているわけではありません。まさか、罰を受けるために戻ったわけではありますまい」

「私は、クルムと同盟を結ぶために陛下から遣《つか》わされたのだ。めでたく同盟がなり、こうして援軍を連れて戻っただけのこと」

雀熙はわずかに眉を寄せる。

「そう言い張ると？」

「今の私にはクルムの後ろ盾《だて》があるから、簡単に手は出せまい。ちなみに、青嘉はカガンに大層気に入られてな。期限付きではあるが将軍職を拝命し、預かったクルム軍の指揮権を委《ゆだ》ねられている。陛下も環王も、この状況でクルムまで敵に回すつもりはないだろう。……それにしても」

雪媛は面白そうに口の端《は》を吊り上げた。

「あなたにとっては、環王は皇帝ではないのだな」

「正統な皇帝がいまだ存命である以上、環王は謀反人《むほんにん》にほかなりません。それが理《ことわり》というものでございます。その証拠に、環王から届く書状には玉璽《ぎょくじ》が押されておりません。いまだ、陛下がお持ちなのでしょう。玉璽こそ、皇帝の証《あかし》でございます」

「では、もし陛下が斃《たお》れられたら、環王を皇帝と認めるということか」

「正当な手順を踏めば、そうなりましょう」

「謗《そし》りを受けそうな物言いだな。忠義の心はないのか、薄情者、と」

「無論、受け入れるからには口と手は出します。その結果、こうして都落ちすることもありますな」

「雀熙殿、正直なところが聞きたい。――二人のうち、どちらに仕えたい？」

雀熙の表情は、無だった。

「誰が皇帝となっても、私のなすべきことは変わりません。力の限り支え、必要があれば諫《いさ》め、自分が正しいと思うことをいたします」

「なるほど。まさに、薛雀熙らしい」

「私もお聞きしたい。雪媛様にとっての現在の主《あるじ》は、クルムのカガンでしょうか。それとも、陛下ですか」

雪媛は静かに、椅子にもたれかかった。

そして、ゆっくりと口を開く。

「……クルムの冬は、厳しくてな。雪が積もり積もって、いつまでもどこまでも真っ白なのだ」

「はい？」

「人の動きは制限され、冬営地《とうえいち》に籠《こも》るばかり。夏のうちに蓄えた食糧で細々と食いつなぐ。──だが、何色にも染まらず輝く雪原の美しさは格別であった。深い雪は、私を守る砦《とりで》のようだった」

遠くを見つめるように、雪媛は語る。

「私の旗を見たか？」

「はい。『雪』と。雪媛様の名から取ったのでございますな」

「私が掲《かか》げる旗だ。私が率いる者たちが見る旗だ。そして——私の敵も、あれを目にする」

雀熙は口を噤《つぐ》んだ。そして、注意深く探るように雪媛を見つめる。

その隣では、江良が油断なく雀熙を窺《うかが》っている。

わずかに、張り詰めた空気が流れた。

やがて、その均衡《きんこう》を破ったのは雀熙であった。

「……朔辰軍が我が国の領内から完全に撤退すること。今私が望むのは、それだけでございます」

「私もだ。意見が一致したようで、心強い」

「…………」

「息子は元気か？」

雪媛が予言した通り、彼にはすでに後継ぎたる男子が生まれているはずだった。

雀熙もそのことを思い出したのだろう、わずかに表情を揺らした。

「ええ」

雪媛は微笑む。

「そうか。では……未来のために、我々はできることをやらねばな」

雀煕は瞼《まぶた》を閉じ、ふうと息をつく。

「さすがに疲れました。今宵《こよい》はもう休みます」

「ここを守った意味は大きい。本当に、よくやってくれた。心より礼を言う」

「救われたのはこちらです。あなたが軍勢を率いて現れなければ、今頃この首は繋がっていませんでした。……失礼いたします」

緩慢《かんまん》な動きで立ち上がる。彼が部屋を出ると、やがて遠ざかっていく杖《つえ》の音だけがこだました。

残ったのは、雪媛と江良の二人だけだ。雪媛は少し、肩の力を抜いた。

雀煕は、雪媛が真に望むものが何かを悟ったはずだった。それでも、非難することもなく、かといって賛同するでもない。

ただ、現状では互いの目指す方向は一致しているということは確かで、ひとまずそれでいい。

「安堵いたしました」

江良が言った。

「もしや雪媛様はすべて、諦《あきら》めておしまいになってはいまいかと。……杞憂《きゆう》でございました」

「都へ戻ったら、冠希《かんき》の墓に額《ぬか》ずかなくてはな」

その名を口にすると、江良の顔に、わずかに翳《かげ》りのようなものがよぎった。重苦しく積み上がった悔恨と懺悔《ざんげ》が、心の奥深いところで疼《うず》く。彼にとって大切な存在であったはずの白家《はくけ》の姉弟《きょうだい》を、雪媛は守ることができなかった。

「江良には、ずっと礼を言いたかった。あの時、陛下に閉じ込められていた私に命をかけて会いに来てくれた。江良の言葉が、私を奮《ふる》い立たせた。もしそれがなかったら、私はきっと、完全に折れてしまっていたと思う」

「雪媛様」

「感謝している。本当に……。江良の声だから、私に届いたんだ」

あの時の自分は、雪媛と玉瑛の間を行ったり来たりする、ひどく不安定で虚《うつ》ろな状態だった。どちらが本当の自分なのか、過去にいるのか未来にいるのかわからず、闇の中でもがいている気分だったのを覚えている。

だからこそ、かつての『先生』でありながら、現世においてもよき理解者である江良の声には、大きな意味があったのだ。霞《かすみ》がかった思考にわずかに清浄な風が吹き込み、『玉瑛』にも『雪媛』にも、声が届いた。

雪媛は少し躊躇《ためら》いながら尋ねた。

「江良……あの時、私は普通の状態ではなかったと思う。何か、おかしなことを口走らなかったか？」

江良はわずかに、目を見開く。

しかし一拍《いっぱく》置《お》いて、

「――いいえ、なにも」

と静かに微笑んだ。

「実は、雪媛様の行方《ゆくえ》が知れなくなってから、よく考えていました。すべてを忘れてどこか、誰も自分を知らない土地へ行って、庵《いおり》を結んでひっそりと暮らそうかと」

雪媛ははっとした。

「江良」

「ですがまだ、隠遁《いんとん》する時ではないようです」

雪媛はおもむろに身を乗り出すと、縋《すが》るように、彼の胸倉を両手でつかんだ。

「当然だ。どんな山奥に籠ったとしても、私が探し出すから！」

江良は苦笑した。

「……青嘉と、何かありましたか」

それは、決して責めるような口調ではなかった。ただ事実を確認するというような、そ

して同時に、とても温かな眼差《まなざ》しが向けられていた。

雪媛はゆっくりと、彼の衣から手を放す。

「私は、それほどわかりやすい態度を取ったか？」

「長年傍で見てまいりましたので。あなたのことも、青嘉のことも」

穏やかな表情には、やはりあの老人の面影がある。

（先生は、すべてお見通しなのだな）

雪媛は、小さく息をついた。

「……青嘉と、ともにありたいと思っている」

「愛していらっしゃるのですね」

愛、と言葉にされ、雪媛は少しだけ逡巡《しゅんじゅん》した。

ただ愛し合いたいだけならば、戻ってくるべきではなかったのだ。あのままクルムに留《とど》まっていれば、穏やかに暮らしていけたかもしれない。

「私は自分勝手だ。ただ、手放せない」

「それでも、私は嬉しいと思うのです。あなたがまた、誰かを想うことができたのなら」

「江良……」

「猛虎《もうこ》殿が亡くなられてから、あなたは誰もその心に入れようとはなされませんでした。

虚ろなまま、その身を差し出し続けた。ずっと、その空洞を埋める者があればよいと思っておりました」

猛虎の名を出され、雪媛はわずかに目を伏せた。

彼のことを忘れたわけではない。それでも今は、彼を思い出しても以前ほど心がざわめくことはなくなった。自分の中に彼の存在は確かに残っていて、それは青嘉が隣にいることで埋め合わされるようなこともない。大事な箱に仕舞って蓋《ふた》をし、ずっと抱《かか》えていくような、そんな気分だった。

青嘉とのことを、彼は許してくれるだろうか。

同時に、江良が猛虎を覚えていてくれることが嬉しかった。クルムにいた時、飛蓮《ひれん》が亡き弟について口にした言葉を思い出す。

――忘れられることが、一番辛《つら》い。

(江良は、忘れないでいてくれる。こうして名を口にして、ともに思い返すことができる……)

雪媛として放り出され、右も左もわからなかった自分と同じ時間を、江良は確かに生きてきた。それは玉瑛であった彼女自身が確かにこの世に存在し、ここまで生きてきた証のようであった。

「身内びいきを差し引いても、青嘉は真に信頼に足る男です。雪媛様があいつを選んでくださったこと、嬉しく思います」

「ここまで生きてこられたのは、江良や、尚宇《しょうう》や、芳明《ほうめい》……皆が傍にいてくれたお陰だ。この国を離れて、つくづく思った。私はいつも、支えられて生きてきたのだと。一人では、何も成しえなかった」

「もったいないお言葉です」

「本当に、そう思っているんだ」

くすりと江良は笑って、そしてすぐにその笑みを消す。慎重な様子で「しかし」と口を開いた。

「雪媛様はいまだこの国において、陛下の妃でいらっしゃる。……そういう国に、お戻りになったのです」

皇后をはじめ、妃嬪《ひひん》の姦通《かんつう》は死罪である。裁かれれば雪媛も青嘉も、ただでは済まない。

「……わかっている」

「これから、どうなさるおつもりですか」

「雀熙殿が言っていたのと同じだ。朔辰軍を我が国の領内から追い払う。まずはそのことだけを考える。そのために、戻ってきたのだから」

燭台《しょくだい》の炎が、薄暗い部屋を照らしながらゆらゆらと揺れている。

思えばこの柳雪媛として生き、何をなすべきかを定めた時、あのすべてを始めた時も、こうして江良がいた。

(いつの間にか、随分《ずいぶん》時が経《た》った……)

「雪媛様もお疲れでしょう。部屋を用意させていますので、どうぞお休みください。芳明が支度を整えてくれています」

「ありがとう」

執務室を出ると、燗流が影のように後をついてくる。

「燗流、お前も休め」

「いえ、お傍におります」

「燗流殿。雪媛様の護衛にはこちらの兵を配置しますので、今宵は休まれては？　クルムからの長旅は身に応《こた》えているはず」

江良の申し出に、燗流はいいえ、と首を横に振る。

「俺は雪媛様をお守りするお役目を仰《おお》せつかっていますので。青嘉殿にも託されましたし」

あくまで燗流らしい飄々《ひょうひょう》とした口調ではあるが、それでも彼の強い意志が垣間見《かいまみ》える。

雪媛は苦笑した。

「休める時は休んでおけ。肝心なところで身が持たないのでは困る」

「では、お部屋の前で座って、仮眠します」

「またそんな……」

「お傍を離れるわけにはいきません」

「そんなに私と一緒にいたいのか？」

すると雪媛は、燗流の顎《あご》をついと人差し指で艶《なま》めかしく撫でてやる。

「では、私の寝台で一緒に寝るか？」

妖艶《ようえん》な眼差しで誘うように笑む雪媛に、燗流はけろりとした様子で、

「雪媛様がよろしいのであれば」

と返す。

江良が額《ひたい》に手を当てて唸《うな》った。

「……青嘉には黙っておきます」

雪媛はからからと笑った。

結局燗流は、朝まで雪媛の部屋の扉の前に座り込んで寝た。

青嘉は奇妙な気分を味わっていた。

包囲した城の、暗い灰色の城壁を感慨《かんがい》深く見上げる。

（この中に、彭廸がいる）

敗走した朔辰軍が逃げ込んだ城を前に、青嘉は記憶を辿っていた。前世、と呼んでいいものか、かつて雪媛を失った世界で生きたもうひとつの自分の人生。その中で彭廸は、大きな意味を持つ人物だった。

彭廸とは戦場で幾度も戦いながら、実際に顔を合わせたのは数えるほどだ。そして直接この手で刃《やいば》を交えたのはただ一度、あの一騎打ちのほんのわずかな時だけである。

（再び、会うことになるとは……）

彼の死を知った時には、意外にも心の中にぽっかりと穴が開いたような気がしたのを覚えている。互いに敵ではあったが、同じ時代を生きた同志のごとき感情を抱いていたのだと、そこでようやくかつての青嘉は気づいたのだ。

何より、彼の死に様が残念でならなかった。

彭廸は戦場で死んだのではない。彭の力が増大することを恐れた朔辰国の文官の一人が、皇帝に讒言《ざんげん》を用い、謀反の疑いをかけたのだ。

仕える皇帝の命で処刑された彭廸は、今思えば、自分とまったく同じ末路を辿っている。

その死から数年後、青嘉はある噂を耳にした。彭廸の死は、瑞燕国側が仕掛けた罠《わな》であったというのだ。対朔辰国における戦でもっとも厄介な存在であった彭廸を亡き者にするため、件《くだん》の文官に賄賂《わいろ》を贈り、皇帝に嘘の訴えを行わせた――そんな話がまことしやかに囁《ささや》かれていた。

その企《くわだ》ての首謀者として名が挙がっていたのが、芙蓉《ふよう》の父である独護堅《どくごけん》。その密命を受け実行したというのが、のちに皇宮《こうぐう》の影の支配者と呼ばれた男――穆《ぼく》潼雲である。

その潼雲は今、青嘉の傍らに郷《ろう》とともに佇《たたず》んでいる。その横顔を、なんともいえない思いで眺めた。

(後からその話を聞いて、ありそうなことだと思った。実際、彭廸が死んですぐに潼雲は、仙騎軍《せんきぐん》の将軍に抜擢《ばってき》された……)

事実がどうであったのかは、もはや知りようもない。

「?　なんだ?」

こちらの視線に気づいた潼雲が、怪訝《けげん》そうな顔をする。

今の潼雲であれば、どうだろうか。かつての彼とは、もはや別の道を歩んでいることは間違いない。

（だが、独芙蓉のために手を汚すことを厭《いと》わなかった男だ。今度は雪媛のために、脅威を取り除く最も効果的な方法として、敵の武将を戦で勝たずに死に至らしめることも――）

「なんだよ！　言いたいことがあるなら言え、気色の悪い」

考え込んでいて随分と長いこと潼雲を見つめてしまっていたらしい。

青嘉は慌てて誤魔化す。

「いや、えーと……そう、ナスリーンのことは、もういいのか？」

「――！」

潼雲の頬が、かっと赤く染まった。

どうやら潼雲がナスリーンに惹《ひ》かれているらしい、というのは男女の機微《きび》にいささか鈍《にぶ》いという自覚のある青嘉にもすぐに察せられた。しかしナスリーンのほうはというと、これまで通りシディヴァ一筋という様子は変わらず、ムンバト同様にほかの男のことなど目に入っていないように見えた。

雪媛が瑞燕国に戻ると決めた時、永祥《えいしょう》と純霞《じゅんか》はそのまま留まり、潼雲を含むその他全員がクルムを発《た》つことになった。出立《しゅったつ》の前には盛大な宴《うたげ》も開かれ、見送りにはシディヴァやユスフもやってきて、そこには当然ナスリーンも顔を見せていた。

瑞燕国へ戻れば、再び生きて会えるかもわからない。このまま別れるつもりだろうか、

と青嘉は密《ひそ》かに気にかけていたのだ。

その出発間際《まぎわ》のことだった。潼雲は意を決したようにナスリーンに駆け寄り、何事か話しかけた。遠かったので会話の内容まではわからなかったが、やがてナスリーンの顔が驚きに満ち、みるみるうちに真っ赤になるのが見て取れた。

「求婚したかな?」

と、隣で雪媛が面白そうに呟いたのを覚えている。

妻として瑞燕国へ連れていくつもりなのだろうかと見守っていたが、やがて潼雲は一人で戻ってきた。ナスリーンがついてくる気配はなかった。

断られたのかもしれないと、誰もそれについて、潼雲に問うことはなかった。

以来、話題にするのは避けていたのに、うっかり口を滑らせてしまったのだ。心の中で、青嘉は自分の迂闊《うかつ》さを罵《ののし》る。

「お前に関係あるか」

潼雲は視線を逸《そ》らし、不愉快そうに懐《ふところ》のあたりを握りしめた。

「いや、潼雲、すまない。ただ、ちょっと気になっていただけで……」

「髪をもろうたんやろう?」

卿がひょいと潼雲の後ろから顔を覗《のぞ》かせた。

「髪？」

「ナスリーンの髪をもろうたんじゃ。あれからいつも懐に入れちゅう。な、潼雲？」

潼雲は懐を庇《かば》うような恰好《かっこう》で赤面している。

「……！　瑯、お前！」

「ああ、それであの時……」

顔を真っ赤にしたナスリーンが、なにやらごそごそと髪をいじっていた気がする。あの場で切って渡したということか。

「お、お前、なんで知ってるんだ！」

「俺の耳には、二人の話す声が全部聞こえてたからの。それに、今も懐からナスリーンの匂いがする」

くんくんと鼻を利《き》かせる瑯に、両手で衣を押さえながら潼雲が「嗅《か》ぐな！　なんか嫌だ！」と喚《わめ》く。

「ナスリーンに求婚したのか？　その返事に髪を？」

「……これから俺は別の国の戦場へ行くというのに、一体何の約束ができるというんだ。求婚なんぞできるか！」

苦々しげに潼雲は言った。

「生き延びたとしても、また会えるかどうかもわからない。だから……だから、せめて髪をひと房《ふさ》ほしいと頼んだだけだ」

「それで、ナスリーンは何と答えたんだ」

「何も。ただ、髪を切ってよこした。……多分、意味をわかってない。あいつの頭にあるのは、シディヴァ様のことばかりだからな」

そんなことはないのではないか、と青嘉は思った。

遠目に見ても、彼女は恥じらいに頰を染めていた。動揺しているようだったが、恐らく、滄雲の気持ちは伝わったはずだ。

「そうか。——では生きて、またクルムに行かないとな」

「そんなことは、お前に言われずともわかっている！」

「はは」

青嘉は笑った。そして、少し肩の力を抜いた。

これからのことはわからない。しかし。

(今の滄雲なら、以前とは違う方法で戦に臨《のぞ》むはずだ)

今度こそ、彭䖏と正々堂々決着をつけられるのかもしれない。そう思うと、不思議なほどに気持ちが昂《たかぶ》り、胸が躍《おど》る。

後方から蹄《ひづめ》の音が近づいてきて、青嘉は振り返った。

十騎ほどの騎馬が姿を見せ、『雪』の字が縫い取られた旗が揺れている。

雪媛だった。燗流と数名の兵を伴った彼女は、青嘉を見つけるとひらりと馬を降りた。クルムの衣ではなく瑞燕国の男物の装束《しょうぞく》を身に着け、髪はひとつに括《くく》っている。

「どうしたんですか、その恰好は」

「国に戻ったからといって、後宮の女と同じ恰好で戦場になど出れるか。物見遊山《ものみゆさん》ではないのだぞ。――どうだ、敵の様子は」

「こちらが挑発しても、まったく動く気配はありません。このまま本国からの援軍を待つつもりでしょう」

「中に、彭廸がいるのだな？」

「恐らくは」

「ふぅん」

雪媛は面白そうに笑みを浮かべた。

彼女も、彭廸のことは知っているのだろう。その名を聞いた瞬間、真っ先に青嘉の頬傷に目を向けた。青嘉との因縁も承知しているに違いない。

雪媛は携帯用の筆と紙を取り出すと、さらさらと何事か書きつけた。そして瑯を呼ぶと、

「これを矢で飛ばしてほしい。あそこに」

と城壁の上を指し示す。

「それは？」

「彭廸への文《ふみ》だ」

卿は矢に文を結びつけると、櫓《やぐら》の柱に狙いを定めて、きりきりと弓を引いた。

空気を裂くような音を立て、矢は一直線に、まごうことなく指示された柱に突き立った。

敵の兵士が慌《あわ》てて駆け寄り、文を手に取るのが見える。

「なんと書いたのですか」

「恋文だ」

「……………」

「会いたいから出てこいと、そう書いた」

雪媛は含みのある笑みを浮かべる。本気で恋文をしたためたとは思わないが、なんとなく彼女が浮かれているような気もする。

雪媛は――というより、玉瑛という娘は恐らく、史上の名のある人物というものに興味を惹かれる性質なのだろう、と青嘉は密かに察していた。

クルムの前カガン、オチルを前にした時も、かつての人生で名宰相《めいさいしょう》と謳《うた》われた雀熙に対

する態度も、好奇心、それに敬意と憧《あこが》れのようなものを含んでいたように思う。それは相手が権力者だからとか地位あるものだからとか、そういったこととは違う角度からの感情に見えた。きっと、未来の彼女の記憶がそうさせるのだ。

しばらくすると、一人の男が城壁の上に顔を出した。明らかにほかの者よりも重厚な拵《こしら》えの鎧《よろい》を身に纏《まと》い、雑兵《ぞうひょう》でないことがわかる。

思わず、青嘉は身を乗り出した。

記憶の中の彼よりもだいぶ若い。

だがそれは、忘れることのできない顔であった。

「……彭廸！」

「彭廸？　あの男が？」

潼雲が確かめるように城壁を見上げ、目を細める。

「青嘉、お前やつの顔を知っているのか？」

言われて、どきりとした。

（しまった。まだ今生《こんじょう》では会ったことがないはずなのに）

「あ……いや……恐らく彭廸だろうと、思っただけだ」

男の手には、先ほどの文が握られていた。鷹《たか》のような鋭い目が、探るようにこちらに向

いている。

それはやがて、ひたと雪媛の姿を捉えた。

すると、雪媛は一人で前に進み出た。矢の届かない距離であるとはいえ、青嘉は油断なく身構える。

そこに存在しない披帛《ひはく》を纏い、風になびかせるがごとく、すうと腕を上げた雪媛は、優雅な礼を見せた。まるで華麗な舞を終えた時のような物腰である。

ふわり、と顔を上げ、妖艶に微笑む。

その一瞬。戦場の時がしばし、止まったような気がした。

青嘉はもちろん、周囲にいた男たちすべての視線が、彼女に引きつけられたのがわかる。

彭廸はその様子を、感情の窺《うかが》い知れない顔でじっと見下ろしていた。

「青嘉、兵を下がらせてほしい。城から見えないところで待機しろ」

「引くのですか?」

「私は燗流とここに残る。彭廸と直接話がしたいのだ。あちらが即刻全軍を撤収し国境を越えると確約するなら、われらは兵を引くと提案した。まずはこちらの誠意を見せねば」

潼雲が驚いて声を上げる。

「敵がそんな交渉に応じますでしょうか。危険過ぎます。不意打ちに攻撃してくるかもし

れません。あるいは、雪媛様を捕らえて人質にするやも……」

「燗流がいるから、矢も剣もまず間違いなく私には届かないだろう。それに彭廸は、女一人を騙《だま》し討ちにするような男ではない」

確信に満ちたその言葉に、潼雲は首を傾《かし》げる。

「彭廸という男のことを、よく知っているような口ぶりでいらっしゃいますね」

「……そうだな。まぁ、天の声の噂程度だが」

雪媛は意味ありげに笑った。

(確かに、彭廸であれば卑怯《ひきょう》な真似はしないと思うが……)

青嘉の知る彭廸は、そういう男だ。それでも、雪媛だけを置いていくなどできるはずがない。

「俺も残ります」

青嘉が決して引き下がらないという態度で申し出ると、潼雲が「だったら俺も！」と負けじと前に出た。さらに瑯まで「俺も」と手を上げる。

結局その場に残ったのは、雪媛と青嘉、潼雲、瑯、燗流の五人であった。クルムの将兵に軍は任せて、整然と後方へと移動させる。

様子を見守っていた彭廸が、ふっと城壁の上から姿を消した。

やがて、静まり返った世界に、門が開く重低音が響いた。

姿を見せたのは彭廸と、兵が四人。こちらに数を合わせたらしい。

彭廸は身構える様子もなく、ゆったりとした足取りで近づいてくる。城壁の上では、弓兵が矢をつがえて一斉に雪媛たちへ狙いを定めた。

彼はその射程距離内ぎりぎりで、足を止めた。

雪媛は、にこりと微笑みかける。

「初めてお目にかかります、彭廸殿。私は柳雪媛。瑞燕国皇帝の名代《みようだい》として参りました」

# 二章

皇帝の名代、などというのはもちろんでまかせである。

それでも、雪媛《せつえん》は一時は皇后《こうごう》の座にまで上り詰めた女人《にょにん》だ。内幕を知らぬ者には真実味のある言葉だろう、と青嘉《せいか》は思った。

何より、鎧《よろい》を纏《まと》った堂々たる敵国の将軍に差し向かいで相対《あいたい》しながら、怯《ひる》む様子など微《み》塵《じん》もない雪媛の佇《たたず》まいには、確かに人の上に立つ風格が滲《にじ》んでいた。

彭廸《ほうてき》は、丁重《ていちょう》な態度で挨拶《あいさつ》を交わした。

「彭廸と申します。瑞燕国《ずいえんこく》の神女《しんじょ》、柳《りゅう》雪媛様——お名前は聞き及んでおります。このような場でお会いすることになるとは。お目にかかれて光栄です」

「こちらこそお会いできて嬉しゅうございます、彭将軍」

雪媛は実際、大層嬉しそうであった。

目を輝かせて目の前の男に見入っている。

その様子に、潼雲《どううん》がこそっと青嘉に囁《ささや》きかけた。

「おい青嘉。あの彭廼とやら、かなりの男前だぞ。大丈夫か」

「大丈夫か、とはなんだ」

「雪媛様のお心が、うっかり傾いてしまうやも」

「馬鹿を言うな」

「お、自信があるのか。それほどお前に惚《ほ》れていると」

「うっかり傾く前に、相手の心を引きずり落としているのが雪媛様だ」

断言する青嘉に潼雲は目を丸くして、「……なるほど、確かに」と得心《とくしん》する。

彭廼は、少し考えるように口を開いた。

「瑞燕帝の名代、ですか……この国では現在、二人の皇帝が並び立っているとか。一体、いずれの皇帝陛下のことでございましょう」

「この国におわす陛下は、ただお一人。謀反人《むほんにん》の妄言《もうげん》が他国でまかり通っているとは、心外でございます」

「なるほど。見慣れぬ軍勢ですが、あれは、もしやクルムの騎馬兵では？」

「よくご存じでいらっしゃる」

二人は互いににこやかに語らっているが、その目の奥では探り合うように注意深い光が

ちらつく。

「北の異民族が、何故ここに？」

「将軍はもう、お察しでございましょう。我が国とクルムは、同盟を結んだのです。陛下の命《めい》を受けた私がクルムに赴《おもむ》き、この同盟を成立させました。クルムでは、カガンともそれは大変親密にさせていただきましたの。よき隣人でございます」

にこにこと、雪媛は笑みを絶やさない。

瑞燕国を攻めれば、二国と干戈《かんか》を交えることになるぞと暗に脅《おど》しているのだ。しかも雪媛はその美貌と才知によって、自国の皇帝に留《とど》まらずクルムのカガンまで誘惑して籠絡《ろうらく》した――と、彭䂥は認識したに違いなかった。

「雪媛様は、尹《いん》族のご出身とか」

「ええ、そうですわ」

「我が国にも、尹族の者たちがいくらか移り住んでいるようです。実は私は昨年、長いこと国内を騒がせていた反乱軍を鎮圧《ちんあつ》したのですが、彼らが潤沢《じゅんたく》な資金を背景に動いていたのが不思議でなりませんでした。そこで捕らえた者たちを尋問《じんもん》し、その資金源を辿《たど》ったところ――どうやら、背後で尹族が動いていたようなのですよ」

雪媛は口元に笑みを張りつけたまま、わずかに冷たい色をその目に宿した。

尋問といっても、拷問《ごうもん》にかけたに違いない。

「尹族は国を奪われ、身一つとなった者たち。一体どうやってその金を工面《くめん》したのか……何か、ご存じではありませんか？」

碧成《へきせい》の皇太子時代から、雪媛は尚宇《しょうう》に命じて朔辰国《さくしんこく》の反乱軍に金をばらまいていた。国内での権力の掌握《しょうあく》に集中するため、朔辰国との戦《いくさ》は当面の間避けたかったのだ。

（彭廼はすでに、そこまで摑んでいるのか？　それとも、ただかまをかけているのか……）

「各地に散った同胞たちのことは、常に案じております。そのような企《くわだ》てに加担《かたん》する者がいたとは驚きですわ。とても残念なことです」

「誰かが裏で糸を引いていた、と私は考えております。調べが進めばいずれは、その人物の名も明らかになるでしょう」

一瞬、彭廼の中に殺気が閃《ひらめ》いたのがわかった。

「我が国を混乱に陥《おとしい》れ、民《たみ》の安寧《あんねい》を害する者を――私は決して許しません」

二人の間で、静かな火花が散る。

青嘉は静かに、剣に手をかけた。

空気がひりつくのを感じ、潼雲と瑯《ろう》も身構えている。

頭頂から足の爪先まで、彭廼の発する圧がなぞっていくのを感じる。常人であれば、身

体が震えだしているに違いない。

だが雪媛は、動じる様子を一切見せなかった。真正面から、彼の殺気を受け止める。

「……将軍は、民のことを心から慈《いつく》しんでおられるのですね」

「今後、尹族に対し即刻我が国から退去するよう命じることも、朝廷では考えているようです。無論、すべての尹族が反乱に関わったわけではございません故《ゆえ》、私はそのような強硬な施策《せさく》には反対なのですが……このままでは、陛下がどうご判断なされるか」

彭廸はとっくにわかっているのだ。雪媛こそが、真の黒幕であったと。

「もしその首謀者《しゅぼうしゃ》が見つかれば、陛下は必ず捕まえるよう私に命じられるでしょう。どこへ逃げても――それが他国であれ、北のいずれかであれ、私は地の果てまでその者を追い詰めることになりましょうな」

雪媛は、小さく息をついた。

「あなた方がこのままお国へ引き上げるというならば、追撃はしないと確かにお約束いたします。皇帝陛下の名において、そして我が尹族の名誉にかけて、約束を違《たが》えることはいたしません」

きっぱりと申し渡す。

これが彼の狙いだったのだろう。彼女の提案が罠《わな》である可能性を考慮し、牽制《けんせい》のために

あえて尹族の話を持ち出したのだ。

周囲を覆《おお》っていた重苦しい圧迫感が、ふっと消えた。

彭廸は一転して、和《なご》やかな表情を浮かべてみせる。

「——国内の反乱軍は、すでに壊滅状態。過ぎたことをこれ以上深追いする暇《いとま》は、私にはなさそうです」

穏やかな口調であった。

「国に戻りましたら、陛下に他民族を受け入れることの徳の高さと重要性を説く所存でございます」

「それは素晴らしいこと。これからお忙しくなるでしょう。ご活躍を楽しみにしておりますわ、将軍」

彭廸は頷《うなず》く。

「すぐに準備を整え、早々に引き上げさせていただきましょう。神女殿のご厚意に感謝を。隣人同士、またお目にかかることもございましょう。その時を楽しみにしております」

「ええ、真に」

青嘉が進み出て、彭廸に声をかけた。

「最後の一人が領内から出るまでは、見届けさせていただきます。軍は後方に引かせます

が、万一おかしな素振りがあれば、こちらの騎兵の刃はすぐに喉元《のどもと》に届くと思し召《おぼめ》されよ」

彼の言葉を疑うつもりはなかったが、それでも用心する必要はある。

「約束は違えぬ。私の父と母に誓おう」

彭廸はふと、彼の顔をまじまじと見つめた。

「先日、我が軍に斬り込み、木っ端微塵《こばみじん》に蹴散らしたのは貴殿だな？　なんと豪勇な若者がいるものかと感心したぞ。実に見事であった。名を聞かせてもらっても？」

どきりとしたが、青嘉はそれを悟られぬように平静を装《よそお》う。

「……王《おう》青嘉」

「王青嘉。次にまみえた時には、存分に戦ってみたいものだ」

踵《きびす》を返し門へと向かっていく彭廸の姿を見送りながら、ふとどうしようもない焦燥《しょうそう》に駆られた。

今ではないのか、と。

（あの未来を、変えられるのは――）

迷いが一瞬駆け巡り、理性は止めろと訴えた。

だが、青嘉は思わず、声を上げた。

「あのっ……」

彭廸に駆け寄ると、彼を守る兵たちが警戒するように身構えた。城壁の上の弓兵も、こちらに鏃《やじり》を向けている。

青嘉は両手を上げて害意のないことを示した。

「何か？」

立ち止まった彭廸に問われ、青嘉は声を潜《ひそ》める。

「ひとつ——ご忠告が」

「忠告？」

「その……今後、文官との関係には、気をつけられたほうがよろしいかと」

「……？」

「皇帝陛下の傍近《そばちか》くに常にいるのは、文官たちです。彼らに疎《うと》まれたり、警戒されるようなことになれば、御身《おんみ》に災いをもたらすことになりかねません。出来得る限り、友好的な関係を築かれるのが、よろしい……かと……」

言いながら、これではなんの説得力もない、と情けなくなった。初対面の敵国の人間にこんなことを言われて、なるほどわかった、と受け入れる者がいるだろうか。

しかし、こんな機会は二度とないのだ。言わずにはいられなかった。

彼の未来を変えるために。

案《あん》の定《じょう》、彭廸は不可解そうな面持《おもも》ちだ。同様に背後では、こちらの声が聞こえていないであろう雪媛たちが何事かと顔を見合わせている。

「ええと……知り合いが、文官に妬《ねた》まれ、その讒言《ざんげん》によって陥れられたことがあったものですから。飛ぶ鳥を落とす勢いの彭殿に、同じようなことがないようにと思い……いや、差し出がましいことを申し上げました。貴殿と戦えることは、武人として生まれた自分にとっての誉《ほま》れと感じております。ですので、それまでどうかご健勝であっていただきたいと、ただ……それをお伝えしたく……」

言葉を重ねるほどに、おかしなことを言っている気がした。

もどかしく頭を掻いて、「不躾《ぶしつけ》に、申し訳ない」と情けない顔をする青嘉に、彭廸は小さく噴き出した。

「これは神女殿の策略か？」

「いいえ、雪媛様は何もご存じありません。俺は言葉が足りないので、どうにもうまくお伝えできず……」

「我々武人は、陛下から遠く離れているからこそ、その結果で信頼を得ねばならない。それは確かだ」

「……はい」

あまりに結果を出し過ぎるのもよくないのだ、と言いかけて、さすがにやめておいた。

「そして、離れていればいるほど、人は勝手に想像力を働かせ、悪いほうへ悪いほうへと考えがちになる。そこへ何事か嫌な噂を耳にすれば、さらに疑念を深めてしまう。周りに侍《はべ》る文官たちが、陛下にあることないこと吹き込むのはよく聞く話。忠告は受け取っておこう、王青嘉。——またいずれ、戦場《いくさば》で」

「はい。……また」

門の向こうに消えていく彭廸を見送る。

次に会う時、互いになんの足かせもなく戦うことができるといい。

「何を話していたんだ？」

雪媛のもとへと戻ると、彼女は怪訝《けげん》そうに尋《たず》ねてきた。

「また戦いたい、と伝えただけです。いずれ、かの国とは決着をつける時が来るでしょうから」

青嘉は行きましょう、と笑って促《うなが》す。

（これで、彼の無念の死が回避できればいいが）

それは、瑞燕国にとって巨大な敵を生かす結果に繋がる。本来、すべきことではなかっ

たかもしれない。

しかし、彼が生き延びたなら、必ず自分がこの手で打ち倒すまでだ。

(今度こそ、決着を――)


「雪媛様が?」

臣下からの報告に、環王《かんおう》は驚きの声を上げた。

その傍らには寄り添うように、雨菲《うひ》の姿がある。かつて碧成《へきせい》の隣に座していたごとく、都へ迎え入れられた彼女は環王と常に並び立ち、補佐する立場を見せていた。

「雪媛様が、蓬州《ほうしゅう》にいるのか? しかも朔辰軍を退《しりぞ》け、北部を解放しただと?」

報告する臣下が頷いた。

「どうやらそのようなのです、陛下。しかもなんと、クルムの軍勢を引き連れているとか」

「クルム?」

怪訝そうにつぶやいて、思い出したように雨菲に尋ねる。

「雨菲よ。そなた確か、雪媛様がクルムに捕らわれているという話を聞いたと申していたな?」

「ええ陛下。ですが、それはクルム側の虚言であったのではないかと、唐智鴻《とうちこう》が申しておりましたが」

雨菲が智鴻に目を向けると、彼は慌《あわ》てて平伏した。

「確かにクルムとの交渉の場には、約束の刻限になっても誰も現れなかったのでございます。あれは、我が国を混乱させるための罠だったのでございましょう。そうして時間を稼《かせ》いで、柳雪媛はクルムのカガンを誘惑《ゆうわく》したに違いありません。此度《こたび》のことも、きっと柳雪媛がカガンに取り入るために、我が国の攻略法を助言したものと推察《すいさつ》いたします」

「ではクルムの軍勢が我が国へ侵入し、朔辰軍と戦になったということか？　それでは北部は、クルムの属州となったと⁉」

「それが報告によりますと、柳雪媛様は朔辰国との停戦交渉の席で、瑞燕国皇帝の名代を名乗ったそうでございます。クルムと我が国が、同盟を結んだのだと」

「皇帝の、名代……」

「陛下の名を騙《かた》るとは、なんという不埒《ふらち》な真似を！」

雨菲は眉を跳ね上げた。

一方、環王は少し考え込むと、落ち着きを取り戻して微笑んだ。

「いや……さすがは雪媛様だ」

「陛下？」

「雪媛様はクルムに従属したのではない、瑞燕国を代表して交渉に向かわれていたのだ。あくまで、敵を退けたのは瑞燕国皇帝。つまり、私であることになる。──私が雪媛様に命じたのだ。この、皇帝たる私が」

「ですが陛下！　異民族の軍勢を我が国に勝手に引き入れるなんて、許されませんわ！」

「雪媛様は今、どこに？」

「州城へ入っているとのことにございます」

がたり、と立ち上がると環王は命じた。

「今すぐ使いを出せ。雪媛様を都へお連れするのだ。神女は私のために神力によって敵を退け、そして私に仕《つか》えるために都へ戻ってくる。そう触れ回り、噂を広めよ。天子たる私は、天の意志を体現する者である。天はその私に、神女を遣《つか》わされたのだ。盛大な即位式を行い、そこで神女の口から私の即位が天の御心《みこころ》であると高らかに宣言していただく！」

「陛下、かの者はクルムの軍勢を連れているのですよ？　万一そのまま都へ攻め込まれればいかがいたします！」

心配そうに雨菲が取り縋《すが》る。

「雪媛様は私とそなたの想いを知り、幾度となく心を砕いてくださったお方だ。我らのこ

とをお忘れにはなっていないだろう。必ず力になってくださるはずだ」

「ですが陛下」

「玉璽《ぎょくじ》の押された詔《みことのり》を見れば、逆らう者などおらぬ。それもこれもそなたのお陰だ。そなたが玉璽をもたらしてくれた。――さぁ、すぐに使者を出すのだ！　我が国の神女を丁重にお迎えせよ！」

　しかし雨菲は、ひどく納得のいかない様子であった。

その日は夜になっても浮かない顔のままで、環王は床《とこ》をともにしながら、これはすっかり機嫌を損《そこ》ねたようだと困り果てた。

「雨菲よ、どうしたのだ。何が不満なのか言ってくれ」

「……なんでもございませんわ」

「そんなことはないだろう？　ずっとしかめ面《つら》ではないか」

　彼女は眉を顰《ひそ》め唇を尖《とが》らせている。

　そんな様子すら愛《いと》おしい。離れていた間の時間を補うように、環王は出来得る限り雨菲とともに過ごし、彼女に愛情を傾けていた。

　彼女を引き寄せ、その美しい髪を撫でる。

「さぁ、どうか機嫌を直して。そうだ、明日は久しぶりに舟遊びでもしよう」

「陛下は、雪媛様を都へお迎えしてどうなさるおつもりです」

「それはもちろん、神女として厚く遇するつもりだ。あの方の予言の力をもってすれば、五国の統一も夢ではない。父上ですら実現できなかったことを、私が成す。そなたの夫は、歴史に残る偉業を成《な》し遂《と》げることになるのだ」

「後宮《こうきゅう》へ、入れるおつもりでは？」

思いがけない言葉に、環王はきょとんとした。

「何？」

「妃《きさき》として迎えるのですか、あの方を？」

そこでようやく環王は、彼女が何を案じているのかを悟った。

思わず、声を上げて笑ってしまう。

「まさか！　そんなことは、考えてもみなかった！　雨菲、そなたそれを心配していたのか？　私が、父上や兄上のように彼女を自分のものにすると」

ふてくされた様子の雨菲に、顔を寄せて囁きかける。

「案ずるな。私にはそなただけだ、雨菲」

「陛下……」

「そもそも、父の妃であり兄の妃であった方を、など私には考えも及ばぬ。兄上のしたこ

とは、どう考えても道理に反するのだ。いかに神女とはいえ、自《みず》らの妻にせずとも、相応の地位を与えれば天も納得されよう」

「ですが陛下、そう申しますなら、私も同じこと。一時は兄上様の妃であった私をお傍に置くのは、道理に反するのではありませんか」

「何を言う！　そなたは私のために、兄上側についただけだろう？　それに、言ったではないか。兄上とは何もなかったと……そうなのだろう？」

雨菲は碧成とともに都から落ち延び、その傍に仕えて寵愛《ちょうあい》を得たという。しかし、その間に床をともにすることはなかった、と釈明していた。

「ええ、もちろんです。お話しした通り、かのお方は心身ともに弱っていらっしゃったので、幸いにも私はこの身を汚《けが》すような真似は一切しておりません。お誓いいたします！」

「わかっている。疑ったりするものか」

ぎゅっと彼女を抱きしめる。

「私のために苦労をかけたそなたに、なんとか報《むく》いたいと思っているのだ。即位式と同時に、そなたの立后式《りっこうしき》も執《と》り行おうと考えている」

雨菲は驚きに満ちた目を見開く。

「それまでには必ず、蘇高易《そこうえき》殿も都へ迎え入れよう」

雨菲の父である蘇高易は、いまだ浙鎮《せっちん》にいる。碧成を攫《さら》い都へ連れてくる計画は極秘であり、実の父親にすら伝えることなく身一つでここまでやってきたのだった。

どれほど断腸《だんちょう》の思いであったかと雨菲の気持ちを想像すると、すべてを擲《なげう》って自分のために事を成し遂げてくれた彼女への想いが膨らむばかりだ。

雨菲はじわりと涙を浮かべた。

「父は今頃、浙鎮で厳しい立場に置かれているはずです。どうか……どうか父をお助けください、陛下」

「すでに浙鎮には、兄上の身柄がこちらにあると知らせ、降伏するよう通達を出した。蘇高易殿はそなたの父である故、丁重に迎えるつもりだ。大丈夫、きっとまた親子そろって幸せに暮らせよう」

強く抱き合いながら、二人は互いに、甘い世界に浸《ひた》った。

赤い燈籠《とうろう》が、闇の中でゆらゆらと揺れている。

緋《ひ》色の玉《ぎょく》が糸に通され連なるように、頭上を覆い尽くしていた。後宮の女たちの首飾りが天に張り巡らされているようだ、と碧成はそれを見上げる。夜空の色を塗り替えてしま

いそうな灯《あか》りが街中を照らし、都を朱に染めてしまったようだ。

彼は笑いさざめく人々の間を通り抜け、夢幻のうちにあるような街を熱に浮かされながら見回した。

「わたくしから、離れないでくださいませね」

白く滑らかな手が、彼の手を摑んで先導している。

折り重なるような燈籠の明かりに照らし出され、美しい黒髪が目の前で輝いて揺れた。

「──雪媛」

呼ぶと、その人は振り返った。

彼の、愛しい人。

白い面《おもて》が上気している。後宮で華やかに着飾り、しとやかに花を愛《め》でる彼女も美しいが、民と同じ恰好で往来《おうらい》を軽やかに闊歩《かっぽ》する彼女の、なんと生命力に溢《あふ》れ輝くことだろう。

変装をして二人で城を抜け出し、護衛の者を撒《ま》いて人ごみに紛《まぎ》れた。今頃彼らは慌てふためいていることだろう。

しばらくしたら、おとなしく戻るつもりだ。だから今だけ、このわずかな時間だけは許してほしい。

今宵《こよい》は元宵節《げんしょうせつ》だ。どこもかしこも燈籠が溢れんばかりに吊るされ、夜の都は異界のよう

に妖艶《ようえん》に彼らを誘《いざな》う。橋の上に渡された燈籠が川面《かわも》に映り込み、水の流れまで真っ赤に染めていた。

酔漢《すいかん》たちの笑い声、駆けていく子どもの群れ、めかし込んでそぞろ歩く娘たち。

足下が浮ついて、夢の中を駆けているようだった。ただ、雪媛の手から伝わる体温で、これが現実だとわかる。

「陛下、湯圓《タンユエン》が売っていますわ。元宵節にはやはり、これを食べなくては」

二人は露店で湯圓を注文すると、通りに面して設《もう》けられた簡易的な席に腰を下ろした。皇帝の玉座《ぎょくざ》とは比べ物にならぬ、ぎしぎしと軋《きし》む粗末な木の椅子だったが、そんなことは気にならなかった。碗に盛られたつるりとした白玉は、頭上に浮かぶ満月のようである。甘い菓子に舌鼓《したつづみ》を打ちながら、碧成は行き交う人々を興味深く眺めた。

誰も、ここにいる彼がこの国の皇帝であるとは知る由《よし》もない。

たとえようもなく愉快である。

皇帝を前にした民は、常に頭《こうべ》を垂れている。だから、彼らが一体どのような表情をしているのかわからない。畏《かしこ》まって取り繕《つくろ》われた姿ではなく、素《す》の状態の彼らをこんなふうに間近に見ることは滅多《めった》にないことだ。

人の流れを観察していると、多くの若い男女が連れ立っているのが目についた。仲睦《なかむつ》ま

じい様子の彼らを眺めながら、碧成は自分と雪媛もまた、そうした市井《しせい》の男女の一組に見えるだろうかと考えた。

すぐ近くに下げられた燈籠に、文字が記された紙が貼られていた。よくよく眺めてみると、謎かけである。

「雪媛、これはなんだ？」

「猜灯謎《さいとうめい》です。元宵節に行われる遊戯ですわ。そこに書かれた謎を解くと、景品をもらえるのです」

同じように謎かけが書かれた燈籠は、あちらこちらにあるようだった。碧成は興味津々《しんしん》でそのうちのひとつを覗《のぞ》き込む。

——問題：杏《あんず》にあって桃にないもの、皇后にあって皇帝にはないもの

碧成は考え込んだ。

よりによって、皇帝にないもの、とは。

「これは一つの文字を当てる謎かけです。いかがです、陛下」

「文字……文字か……うーん……」

しばらくして、碧成は「あっ」と声を上げた。

「口だ！　杏には口があるが、桃にはない。皇后に口はあるが、皇帝にはない。——どう

だ？」

「お見事ですわ！」

すっかり楽しくなった碧成は、謎かけの書かれた燈籠を次々に覗き込んだ。

雪媛とともにああでもないこうでもないと考え込み、答えが出ると二人で子どものように笑いながら喜んだ。

「ああ、楽しい」

頬を上気させながら大きく息をついて、碧成は橋の欄干《らんかん》にもたれかかる。雪媛もまた、その隣に寄り添った。

雪媛の吐く息が、夜の闇の中で白く浮き上がった。

「寒くはないか？」

「平気です」

そう言って雪媛は、ぴたりとその身を彼に寄せた。

碧成は彼女の肩を引き寄せる。舟遊びをしている者たちが、ゆっくりと足下を通り過ぎていった。

「こんなふうにそなたとともにいられるとは、ほんの数年前には考えられなかった」

雪媛は、碧成の父の寵姫であった。

皇帝の女は、皇帝だけのもの。いかに皇太子といえど、彼女を自分の妻とすることなどできるものではない。父が逝《ゆ》けば雪媛は出家し、さらに手の届かぬ存在となってしまう。あの頃は、歯がゆい思いで彼女を見つめていた。

ふふ、と雪媛は笑う。

「これから先は、ずうっと一緒でございます」

「そなたがいてくれればそれでいい。それだけで、いいのだ……」

護衛の兵士の顔が、人ごみの向こうにちらりと覗いた。見つかったらしい。そろそろ帰らなくてはならない。

名残惜《なごりお》しくはあったが、それでも、どこへ行こうとも雪媛は彼の傍にいる。そう思うだけで幸福であった。父の寵姫であった彼女を、盗み見るように恋《こ》い慕《した》っていたあの頃に比べれば。

「雪媛、帰ろう」

彼女の手を取る。

すると、ふいにその手が、するりとすり抜けてしまった。

「――雪媛?」

気がつくと、雪媛の姿がない。慌てて周囲を見回す。

「雪媛」

声を上げたが、返事はなかった。

彼は人を掻き分け、雪媛を探した。

「雪媛、雪媛――！」

伸ばした手は空《くう》を切った。


薄暗い部屋の中で、碧成は横たわっている。

静まり返った、冷えた室内には誰もいない。身体が重く、起き上がることもできなかった。ぼんやりと天井を見つめながら、ああそうだ、と思った。

（雪媛はもういない。そして、余はもう、皇帝ですらない――）

あの元宵節の夜の、美しい思い出。

ここに閉じ込められて以来、幸せだった頃の記憶ばかりが蘇《よみがえ》る。

覚えているのは、浙鎮で雨菲が淹《い》れた茶を飲んだこと。意識が遠くなり、やがて気がつくと、この暗い部屋に置かれた寝台に横たわっていた。

もとより不調が続いていたところにさらに薬を盛られたせいか、身体がひどく重く、言

うことを聞かなかった。食事は日に一度だけ運ばれてきたが、膳の内容は皇帝たる彼に相応《ふさわ》しいものとはいえない、囚人のごとき粗末さだった。

だが、事実自分が囚人であるのだ、と彼は気づいていた。

扉の外には昼夜見張りがついている。皇帝たる自分になんたる無礼な扱いか、とどれほど彼が声を上げても、返事ひとつない。助ければ褒美《ほうび》を好きなだけ与える、と囁いても、なんの反応もなかった。

窓にはすべて外から板が打ち付けられており、日の光も入らない。ここは、まさに牢獄だった。

囚《とら》われてから一度だけ、彼の弟が姿を見せたことがある。

その傍らには雨菲がいて、ようやく碧成は何が起こったのかを悟った。

すべて、仕組まれていたのだ。

雨菲を、愛していたわけではない。雪媛ほど愛した者などいない。

ただ雪媛を失った空白を埋めたくて、縋る相手が欲しかった。雪媛が消えてしまってからは気力が失せていたから、その間雨菲が諸事うまく取り計らってくれるのに頼りきって、その優しい腕の中に身を委《ゆだ》ねれば重圧から逃れられた。

だが彼女のそうした行いはすべて、碧成のためではなかったのだ。腹の内ではずっと、

裏切りの算段をつけていたのだ。

「こんなことになって、とても残念です。兄上」

裏切り者の弟は、そう言って表情を曇らせた。

「ここまで、したくなかったのに」

碧成は寝台から這《は》い出て、弟に摑みかかろうとした。だが間に兵が割り込み、その手は届かない。息を切らしながら叫んだ。

「父上は、あの世でさぞお嘆《なげ》きであろうな……！　兄であり皇帝である余に対し、そなたがこのような不忠を働くとは！」

「兄上、これはすべて兄上ご自身が招いたこと。兄上のご乱心ぶりに臣下の心は離れ、私に助けを求めたのです」

「黙れ！　雨菲、そなたもだ！　皇帝を謀《たばか》るなど、恥を知るがいい！」

雨菲を庇《かば》うように、環王は彼女を自分の背に隠した。

「兄上は、お身体もお心も弱すぎたのです。あとは私にお任せになり、もう重荷を下ろされてください」

悲劇の主人公のような顔をして、弟は雨菲とともに部屋を出ていった。

いずれ必ず、誰かが彼を助けに来るはずだった。碧成には多くの臣下たちがいる。彼が

消えたことに気づけば、軍勢をもって奪還しに来るはずだ。

雨菲が環王についたならば、きっと蘇高易も裏切ったのだ。ならば彼は当てにはできない。芙蓉の父である独護堅なら彼を見捨てないはずだ。唐智鴻は彼が引き立てた男だ、その恩を返すはずである。それに司飛蓮《しひれん》、彼だってきっと――。

いくつもの顔が浮かんだが、いつまで経っても目の前に現れるのは、日に一度だけの食事を運んでくる兵士だけであった。

もう少しの辛抱《しんぼう》だ、と考えながら、裏切り者たちにいかなる罰を与えようかと想像を巡らせた。

しかし、いくら待っても、何も起きなかった。

やがて思い浮かべるのは、たった一人の女の顔だけになった。

(雪媛……)

彼女との日々を思い返しては、苦しい息の下で涙をこぼす。

(雪媛に、会いたい)

彼の身体は、日に日に衰弱していった。

(雪媛に会いたい――もう一度だけでも)

三章

瑞燕国《ずいえんこく》を流れる風は、秋の香りを纏《まと》っている。

天を貫《つらぬ》くように高く澄んだ青空が広がり、農民たちは収穫の時を迎えていた。本来であれば存分に実りを享受《きょうじゅ》し神に感謝の祈りを捧《ささ》げるはずが、今年は戦《いくさ》続きで田畑はどこも荒れ果てている。

彭廸《ほうてき》の撤退を見届けた雪媛《せつえん》は、クルム軍を引きつれ蓬州城《ほうしゅう》へと入った。その道中、この冬をどう越せばよいのかと嘆《なげ》く民《たみ》の声が耳に入らぬ日はなく、雪媛がやってきたと知るや神女の力でどうか救ってくれと懇願《こんがん》する者たちがひっきりなしに押し寄せた。

雪媛は雀熙《じゃくき》と江良《こうりょう》に相談し、飢饉《ききん》に備え蓄えてある州の穀物庫を急ぎ確認させた。本来であれば城にいる州刺史《しゅうしし》に任せたかったが、それはできなかった。

それというのも、この城の主《あるじ》であるはずの州刺史が、姿を消していたからである。

「逃げたのか？」

「逃げたようでございますな」

ともに州城へと乗り込んだ雀熙は無感動な様子で報告したが、内心では呆《あき》れ返っている様子が口調の端々《はしばし》に滲《にじ》んでいる。

「朔辰軍《さくしんぐん》の侵攻に恐れをなし、一族郎党を連れ密《ひそ》かに脱出したようです。逃亡が発覚した後も、混乱を避けるために事実は城内の一部の者の間だけで秘されていたとか。刺史は惰《だ》弱者《じゃくもの》ですが、その下には分別のある者たちがいるようで、不幸中の幸いでございます」

そういうわけで、皇帝の名代《みょうだい》と名乗る雪媛が現れると、残された官吏《かんり》たちはどこか安堵《あんど》した様子を浮かべ、すべての指揮権は自然と彼女に一任されることになった。

雪媛は食糧問題と同時に、朔辰国からの侵攻で荒れた州内の復興と、国境付近の防衛強化を急がせた。隣接する田《でん》州にも使いを出し援助を依頼すると、柳《りゅう》一族出身である田州刺史は雪媛の帰還を大いに喜び、協力を惜しまないと返事をよこした。

逃げた刺史はのちに、朔辰軍が撤退したと聞いて何食わぬ顔で戻ってきたが、彼は自分の席に座る雪媛の姿に驚愕《きょうがく》することとなった。

「これはこれは。私が不在にしておりましたもので、何かとご不自由がおありだったのではございませんか？　申し訳ございません、このところ体調を崩して寝込んでおりまして。どうぞ今後は、私めになんなりとお申し付けを」

民を見捨てて我先に逃げたことなどすっかりなかったことのように振る舞う彼に、雪媛は冷ややかな言葉だけ投げかけた。

「では頼もう。――さっさと出ていけ」

州外への追放を命じ、兵士たちが引っ立てていった。

そうしてくしくもこのわずかな期間、雪媛はこの場所で、ひとつの州を直《じか》に統治することになる。それはまるで、思い描いていた未来の縮図が突然目の前に転がり込んできた気分だった。

環王《かんおう》からの使者がやってきたのは、そんな折であった。

「陛下より、柳《りゅう》雪媛様を丁重《ていちょう》に都へお迎えするよう申しつかって参りました」

彼が持参した御璽《ぎょじ》の押された詔書《しょうしょ》を目にした時、雪媛をはじめ、雀熙や江良たちも皆胸の内で息を呑んだ。

それは皇帝の証《あかし》であり、碧成《へきせい》が都から逃れる時に持ち出していたはずのものである。環王がこれを手に入れたということは、この兄弟の争いの局面が大きく動いたということを意味していた。

水を打ったように静まり返った一同に対し、使者は御璽入りの詔書の力を再確認するように、満足そうな表情を浮かべる。

「陛下は近々、正式な即位の儀を催《もよお》されるご意向です。神女様におかれましては何卒《なにとぞ》、その場にて陛下のお傍《そば》に侍《はべ》り、天よりのお言葉をお授けいただきたく……」

「偽《にせ》の皇帝を寿《ことほ》ぐつもりはない」

その言葉に、使者が目を剝《む》く。

「……は？」

唐突に、雪媛は詔書を使者の足下に放り投げた。

椅子から立ち上がり彼を冷ややかに見下ろすと、きっぱりと告げた。

「真の皇帝は天《あめ》の下にただ一人である。環王にそう伝えよ！」

色よい返事が聞けると思っていたらしい使者は、ひどく仰天《ぎょうてん》していた。

「一体なぜ」と狼狽《ろうばい》し、やがて遅ればせながら、そのあまりに侮辱《ぶじょく》的な雪媛の言いざまに「なんたる無礼……！」と怒りだす。

しかし雪媛はみなまで言わせず、「青嘉《せいか》！」と声を上げる。

「はい」

「使者殿がお帰りだ。丁、丁重にお見送りせよ」

「承知いたしました」

青嘉が合図すると、控えていた兵士たちが使者を取り囲んだ。

「わ、私は瑞燕国《ずいえんこく》皇帝の使いであるぞ！　手荒な真似は……！」

喚《わめ》く使者は兵に引っ立てられていき、音を立てて扉が閉まる。

その様子を眺めていた雀熙が、意味ありげに口を開いた。

「真の皇帝は天の下にただ一人……ですか」

「異論があるか？」

「異論は、ありませんな」

それでも何か言いたげであったが、それきり口を噤《つぐ》んだ。

江良が察して、話題を変える。

「天の意を受けた神女たる雪媛様から皇帝の地位を否定されれば、環王はさぞ不安に思うでしょう。なんとしてでも、皇帝としての自分を認めさせたいはず。武力をもって脅《おど》しにかかるやもしれません。南の守りを固めるべきかと」

「御璽が押してあったのを見たか」

「はい、確かに」

「……飛蓮《ひれん》の報告は、確からしいな」

瑞燕国へ戻って以来、雪媛の命《めい》で浙鎮《せっちん》に向かっていた飛蓮から文《ふみ》が届いたのは、数日前のことだ。

――陛下のお姿が、どこにもないのです。

碧成は忽然《こつぜん》と姿を消し、その行方《ゆくえ》は杳《よう》として知れないという。彼と同時に消えたのが雨《う》菲《ひ》と唐智鴻《とうちこう》、そして御璽であった。失踪《しっそう》当時、碧成は体調を崩して臥《ふ》せっており、自分の意志で出奔《しゅつぽん》したとは考え難《がた》い。

雨菲の父である蘇高易《そこうえき》は捕らわれ、碧成失踪に関わっていたのではないかと尋問《じんもん》を受けているらしい。

――蘇大人《たいじん》は何も知らぬと関与を否定しているようですが、彼が排除された今、浙鎮の仮の朝廷で主導権を握るのは完全に独護堅《どくごけん》一人となりました。御璽を持ち出したのは恐らく唐智鴻でしょう。そして、彼らの行き先として考えられるのは――。

文の内容を思い出しながら、雪媛は眉を寄せた。

「やはり、都へと向かったのだ。雨菲は、もとよりこのつもりであったのだろう。環王のために、あえて陛下の懐《ふところ》に入り込んだ」

権力者の傍に侍り、その力を奪い、やがては乗っ取る。

まるでかつての自分のようだ。

外から攻めるより、内から破るのが容易《たやす》い。『牢破りの男』のように。

環王との逢瀬《おうせ》を楽しんでいた、雨菲の姿を思い返す。

（夢見がちで世間知らずの箱入り娘と思っていたが、ここまでやるとは……）

今思えば、雪媛の知る雨菲の姿というのはすでに、彼女がつけた仮面であったのかもしれなかった。己《おのれ》の夫となる環王を玉座《ぎょくざ》に据え、自分は皇后《こうごう》となる——最初からその野望を抱き、したたかに機会を窺《うかが》っていたのだろうか。

「唐智鴻も、初めからそのつもりじゃったんか？」

瑯《ろう》が不愉快そうに呟《つぶや》くと、潼雲《どううん》が「そうは思えないな」と否定した。

「やつは浙鎮で、それはもう必死に陛下に取り入っていたし、飛蓮殿にも相当敵愾心《てきがいしん》を燃やしていた。恐らくあの男は、単に時勢を見て寝返ったのさ。最初は昌王《しょうおう》を踏み台にし、そして陛下を裏切り、今度は環王。見事な蝙蝠《こうもり》ぶりだ。いっそ清々《すがすが》しい」

「ならば陛下は今、都で環王に囚《とら》われている……」

青嘉の言葉に、潼雲が頷《うなず》く。

「処刑したならば、環王がそれを大々的に喧伝《けんでん》するはず。まだ、生きておられるだろう」

雀熙《じゅうめん》は渋面を作って、顎《あご》を摩《さす》っている。

「それも、時間の問題でしょうな。このまま生かしはしないはず。できるだけ穏便に譲位《じょうい》という体裁《ていさい》を取り繕《つくろ》おうとしているのかもしれませぬが、そうなった後には陛下は用済みと見なされるでしょう」

彼らの意見にじっと耳を傾けながら、雪媛は自分の胸の内がざわめくのを感じていた。

それはまるで幾筋もの水が滑り落ちるように一所《ひとところ》に流れ着いて、綺麗な球体に変化し、掌《てのひら》の上でふるふると揺れているような感覚だった。

（今なのか――）

柳雪媛として後宮《こうきゅう》に入り、権力を握るためにあらゆる手段を講じてきた。内側から食い破ってやろうと策を弄《ろう》し、人を懐柔《かいじゅう》し、金をばらまいた。

だが今、その迂遠《うえん》な方法すべてを凌駕《りょうが》する道筋が、目の前に開けている。

その手に掌握《しょうあく》する軍勢。

彼らを率いて都へ向かう、完璧な大義名分。

今、雪媛が都へ攻め入り、この謀反《むほん》を平定すれば――この国はどうなるか？

「王《おう》青嘉」

雪媛は、その名を呼んだ。

彼がいればどんな戦にも負ける気がしない、未来の大将軍。記憶にある彼よりも年若いその面《おもて》には、未来と同じ傷が刻まれている。

「はい」

「進軍の準備を整えよ」

皆のはっとしたような視線が自分に向いて、肌に刺さるのを感じた。
「――どちらへ」
そう尋《たず》ねた青嘉だったが、彼はきっともう、その答えを知っている。
雪媛は、決然と告げた。
「都だ」
一同の間に、わずかに緊張が走った。
「陛下は謀反人に囚われている。これを救うため、我らは兵を率い都へと向かう」
彼女は思い出していた。
柳雪媛。皇帝の寵姫《ちょうき》でありながら玉座《ぎょくざ》を狙った希代《きたい》の悪女。
多くの男たちを愛人として侍らせ、彼らとともに兵を挙げ謀反を起こした――。
(愛人たち、か)
目の前に居並ぶ男たちを一人ひとり見渡しながら、内心わずかに苦笑する。
(本物の柳雪媛にも、こんなふうに、支えてくれる者たちがいたのだろうか)
そしてこの戦に負ければ、現世の史書にもまったく同じ内容が記されるに違いない。
(結局私は、巡り巡ってあなたと同じ道を進んでいるようだ――柳雪媛)
それでも、彼女と同じ結末を迎えるつもりはない。

シディヴァという人を目《ま》の当たりにして、幾度も思った。同じ女でも、彼女のように武力によって玉座を掠《も》ぎ取ることは、自分にはできないだろうと。

だが今、彼女の前には扉が開いていた。

まるで引き寄せられたように、ここへ辿《たど》り着いた気すらする。

何も変えられないかもしれない。惨《みじ》めな死が待っているだけかもしれなかった。

それでもこれは、誰に強制されたのでも押し付けられたのでもなく、彼女が自分の意志で、自《みずか》らが選び取り、辿り着いた新しい未来だった。

雪媛は鼓舞《こぶ》するように、声を張り上げた。

「大義は、我らにある。――陛下を、我らの手でお助けするのだ！」


雪媛のもとにやった使者が戻ると、環王は大いに顔を引きつらせることになった。

使者は青ざめながら言上《ごんじょう》した。

「柳雪媛様におかれましては、恐れながら都へお連れすることが叶《かな》わず――」

「必ず連れてまいれと申したであろう！　もしや、クルム側が邪魔立てを？」

「いえ、それが……」

使者は口籠《くちごも》る。

「はっきり申しなさい。何故雪媛様はいらっしゃらないの？」

雨菲が叱《しか》りつけると、使者は唇を震わせた。

「それが……柳雪媛様に面会することはできたのです。陛下が都へ丁重にお迎えしたいとお考えであることもお伝えいたしました。しかし、雪媛様が申されることには、その……」

ごくり、と彼は唾《つば》を飲み込んだ。

「雪媛様の仰《おつしや》ったお言葉を、そのまま申し上げます。『偽の皇帝を寿ぐつもりはない。真の皇帝は天の下にただ一人である。そう伝えよ』――と」

彼は「お許しを！」と蒼白になってひれ伏した。

環王は、その身が震えるのを感じた。

（偽の、皇帝……？）

拳を握りしめる。

（神女が……神女が私を、偽者と言った？）

それはすなわち、天が彼を認めないと告げたも同じことであった。

勢いよく立ち上がり、悲鳴のように叫んだ。

「嘘を申すな！」

使者は震えて身を縮めた。

「玉璽入りの詔《みことのり》を前にして、そのようなことを口にするはずがない！」

「わ、私も、幾度も説得を試みたのでございます！　陛下こそが瑞燕国の皇帝であると！　しかしながらかのお方はお聞き入れにならず、挙げ句は兵に命じて我々を問答無用に追い返したのでございます……！」

周囲の臣下たちの顔に、翳《かげ》りがよぎった。

同じことを考えたに違いなかった。

雪媛の言葉が世に広まれば、環王の立場が揺らいでしまうことは間違いない。神女が彼の皇帝としての正統性を否定すれば、碧成を支持する者たちに力を与えることになってしまう。彼らはこれを追い風に、捕らえてある碧成を解放せよと押し寄せるかもしれない。

皇宮《こうぐう》内でも離反者が出る可能性がある。

「その者の首を斬りなさい」

冷たい声が響いた。

雨菲だ。

「そのようなことを、雪媛様が仰るはずがありません。さてはこの男、浙鎮側の手の者ではないでしょうか？　我らを混乱させようと、意図して雪媛様の言葉を捻《ね》じ曲げているに

違いございませんわ」

「陛下！　私は決してそのような……！」

驚いた使者は、慌《あわ》てて首を横に振る。

環王の目には、それが図星を指されて怯《おび》える者の姿として映った。

「そうだ……そうに違いあるまい！　引っ立てよ！　背後にいる者を白状させるのだ！」

環王が命じると、使者は悲鳴を上げながら引きずり出されていった。力なく玉座に腰を下ろしながら、環王は己《おのれ》の心臓が早鐘を打つ音を聞いた。

自分に対して、偽の皇帝であるという世迷言《よまいごと》が雪媛の口から発せられたなどということが、事実であってはならないのだ。

「――陛下」

恭《うやうや》しく、唐智鴻が進み出て頭《こうべ》を垂れる。

「陛下こそこの国の主。真の皇帝陛下にございます。それはこの唐智鴻がよく存じ上げております。雪媛様のお言葉は、何かの間違いでございましょう。もちろん、そうに決まっております」

智鴻は顔を上げ、にこりと微笑んだ。

「そんなことはわかっている！」

いらいらと吐き捨てる環王に対し、彼は気にする様子もなく囁《ささや》く。

「柳雪媛様はきっとすぐに陛下のもとにおいでになります。……ところで陛下、かの神女は、尹《いん》族の出身でございます。ご存じでいらっしゃいますか」

「もちろん知っている」

それがどうしたというのだ、と環王はますます苛立《いらだ》つ。

「雪媛様が以前、後宮の夢籠閣《むろうかく》にいらっしゃった折のことでございます。かの楼閣《ろうかく》は水上にございます故《ゆえ》、入ることも出ることも容易ではございませんが、前《さき》の陛下はさらに、見えない堅固な城壁をお作りになられたのです。それが何か、おわかりになりますか」

「……？　なんの話だ」

智鴻は目を細める。

「周囲に、尹族の女たちを宮女として控えさせたのでございますよ。そして、もし雪媛様が夢籠閣から一歩でも外へ出ようとすれば、その女たちを殺すようにと兵に命じました」

「それは……」

彼が謀反を起こす直前、碧成は人が変わったように荒《すさ》み、ひどく残虐で横暴な振る舞いが増えた。まともに政《まつりごと》に向き合おうともせず、疑り深くなり、臣下の声を聞こうとしない。そうした碧成の暗君ぶりが環王にとっては追い風となったわけだが、実のところ彼の

中では、兄がどうしてそんなふうに様変わりしてしまったのかと不思議であった。

碧成は優しい人で、弟の彼を可愛がってくれていた。それなのに突然その恋人を奪い取り、躊躇《ためら》いなく無慈悲な行いに手を染めるようになった。

「実際、宮女が死ぬのを目の当たりにした雪媛様は、それきり楼閣から出ようとすることはございませんでした。あの方にとって、同胞の命というのは、何より大切なもののようでございます」

彼の言わんとすることに気づき、環王ははっとしたように考え込む。

「……尹族」

「いかがでございましょう。今度は尹族を壁ではなく、餌《えさ》にするのでございます」

「つまり、尹族を理由に雪媛様を都へ呼び寄せると？」

智鴻は頷いた。

「同胞が苦しんでいると聞けば、放ってはおけないお方です。どうぞ私にお任せくださいませ。――雪媛様は近々、ご自分から陛下を祝福するために都へ参ることでしょう」

雪媛が環王を偽の皇帝と言い放ったという事実は、すぐに民たちの知るところとなった。

もちろん、雪媛がわざと噂を流させたのである。

「あちこちで女たちの井戸端《いどばた》会議にお邪魔して面白おかしく話してあげたら、瞬《また》く間に広まっていきました。人の口というのは、どんな早馬にも勝りますわね。今頃はきっと、噂は都にも及んでいると思いますわ」

芳明《ほうめい》はそう、からからと笑った。

「環王はこの噂が広まるのを阻止《そし》したいでしょうけれど、人の口に戸は立てられぬと言いますものねぇ」

「ご苦労さま、芳明。天祐《てんゆう》はどうしている？」

「遊びに行きました。瑯が忙しくなって構ってあげられなくて、最初は少し拗《す》ねていましたけど、すぐにこのあたりの子どもたちと仲良くなったようで」

「天祐は物怖《ものお》じせず、人の懐《ふところ》にするりと入り込んで誰とでも打ち解けてしまう。稀有《けう》な才能の持ち主だ。将来が楽しみだな」

息子を褒《ほ》められ、芳明はくすぐったそうに頬を緩《ゆる》めた。

しかし、すぐにその笑みは消えてしまう。

「将来……あの子が大人になった時、この国がどうなっているか。それがこの戦にかかっているのでしょう」

　複雑そうに、芳明はため息をつく。

「唐智鴻ときたら、どこまでもさもしい人だこと。環王も、主を裏切った男などよく受け入れたものです」

「ああいう男がのさばるのが世の常――とはいえ、環王としても兄の側近が自分についたとなれば、悪い話ではないからな。兄はすでに臣下からも見放されている、彼らは真の皇帝たる自分に仕えるために続々と都へやってきている、と吹聴《ふいちょう》しているらしい。実際、浙鎮では離反者も増えているようだ」

「雪媛様、本当に都へ攻め上るのですか？」

「芳明は天祐と一緒にここにいてほしい。今度ばかりは連れていけない」

「でしたら雪媛様も、ここに残ってくださいませ。戦は、男たちに任せればよいではありませんか」

　心配そうな芳明の頭を、よしよしと撫でてやる。

「雀熙と江良はここに残るから、何かあれば彼らに」

「あれほどひどい仕打ちを受けたというのに、本当に陛下を助けに行くのですか？　冠希《かんき》は、あの方に殺されたのですよ！　何の罪もない尹族の娘だって……！」

「芳明」

優しく手を取る。

「あんなことが二度と起きないようにする。そのための戦だ」

碧成を救い出す。そう語った目的は、嘘ではない。

だが、再び彼の妃《きさき》となり、後宮に閉じ込められるつもりはなかった。

(これは私の戦――私が、力を手に入れるための戦だ)


数日後、雪媛はクルム軍と蓬州・田州から集めた兵を合わせた総勢二万の軍勢を引き連れ、都へと出発した。芳明は直前まで随分《ずいぶん》と心配していたが、見送りの際には「どうかご無事で」ときつく抱きしめて送り出してくれた。

彼女の慕《した》わしい香りに包まれながら、必ずこの腕の中に戻ってこようと思う。それはもはや、懐《なつ》かしい家族の香りだった。

行軍を目にした人々は、驚きに満ちた顔で雪媛の姿を見つめた。

男物の衣《ころも》を纏《まと》い、輿《こし》や馬車ではなく自ら馬に跨《また》がる女が噂に名高い神女だと知るや、ざわめきがそこここで沸き起こる。

雪媛が直接、戦の指揮を執《と》るわけではない。それでも、『雪《せつ》』の旗印の下を行く隊列と

雪媛の姿を見れば、この軍の総大将が誰であるのかは明らかであった。

彼女が隣国の侵略からこの国を守ったという話は、すでに知れ渡っている。驚きが過ぎ去ると、誰もが雪媛を崇《あが》めるように額《ぬか》ずいたり、天に祈ったりした。

「囚われた陛下をお助けするために、都へ向かわれるんだそうだ」

「まぁ、神女様自らが軍勢を率いて？」

「陛下の寵姫だっていうから、てっきりごてごてと飾り立てていると思っていたけど、なんて勇ましく凜々《りり》しいお姿かしらねぇ」

「なんだあれは、北の異民族じゃないか？」

「同盟を結んだらしいぞ。やつらの王も、我らが神女様には敵《かな》わなかったのさ」

あちこちで上がるそうした声は、先を急ぐ雪媛の耳に届くことはなかった。

雪媛が兵たちに求めたのは、何より速度であった。環王側がこちらの動きを察知し、守りを固める前に、一気に都まで攻め上らなくてはならない。

先に走らせた斥候《せっこう》からの情報をもとに、雪媛は道中、毎日軍議を開いた。

「陛下が捕らわれたことで、浙鎮軍はすっかり士気が下がっているようです。環王軍も浙鎮方面への軍備は縮小し始めています」

机上《きじょう》に広げた地図を囲み、青嘉、潼雲、瑯、それにクルム軍、蓬州軍、田州軍の将たち

が顔を揃《そろ》えている。

「都の手前に築かれた防衛線ですが、ここに置かれる兵力はさらに増える可能性がありま
す。瑞輪山《ずいりんさん》の麓《ふもと》には五千の兵が――」

「各方面に対し、陛下救出を掲《かか》げて我らに加わるよう呼び掛けていますが、様子見のまま
動かない者がほとんどで――」

報告に耳を傾けていると、兵士が「失礼いたします」と駆け込んでくる。

「斥候の一人が戻り、急ぎご報告したいと」

険《けわ》しい表情で天幕に入ってきた斥候の様子に、雪媛は嫌な予感がした。もしや碧成がす
でに処刑されたという知らせだろうかと、不安がよぎる。

「申し上げます。都にて、尹族の民が一斉に、捕縛されたとのことにございます」

雪媛は、一瞬言葉を失った。

表情を固くした青嘉が、息を詰めてこちらを窺うのがわかる。

「都中の尹族が連行され、投獄されているとのこと。尹族の居所を知る者は役所に報告す
れば褒賞《ほうしょう》を与える、との触れが出ているようでございます」

「尹族が？　何故……」

「環王が、尹族を捕らえよと命じたようでございます。尹族は雪媛様に呼応し、都におい

て反乱を起こすつもりである、危険な存在だ──と煽《あお》り立てているのです。都人《みやこびと》たちもこれを不安に感じ、密告も後を絶たないと……。逃げようとした尹族は、容赦なく殺されたそうにございます」

ふと、碧成の顔がよぎる。

彼女を夢籠閣に閉じ込め、その周囲に尹族の娘たちを置いた、あの時の碧成。

雪媛が逃げ出さぬよう、その命をもって彼女の牢獄とした。

雪媛の眼前で斬り殺された、宮女の顔。何が起きたのかもわからず、虚《うつ》ろな目で血を流し動かなくなった、あの尹族の少女。

ぞっと、雪媛の身体を冷たいものが這った。

(──また、殺される)

途端に、ふっと燭台《しょくだい》の火を吹き消したように、目の前が真っ暗になった。

闇の向こうから、誰かの声が響いた気がした。

──陛下は、尹族の一掃を命じられたのです。

血を流し、動かなくなった両親の姿が、くっきりとした陰影を帯びて浮かび上がる。

──尹族は国の災いとなる故、瑞燕国から永遠に追放すると！　逆らう者があれば死罪、匿《かくま》う者も死罪となるとのお触れなのです！

縄を打たれ、列をなし歩かされる人々の絶望した顔。

逃げようとして殺された男の血を浴びた、あの感触。

それらはひどく生々《なまなま》しく、雪媛の眼前に現れては消えた。

浴びせられる冷たい視線、無関心な横顔、肌に食い込んだ縄のきりきりとした感触、風に舞う泣き叫ぶ声――。

遥《はる》か未来で起きる出来事のはずだ。

それなのに、何故今ここで同じことが起きるのか。

自分が過去を変えたが故に歪《ゆが》みが広がり続けた、その帰結なのだろうか。世界はその歪みを許さず、もとの歴史に揺り戻そうと修正を試みているのかもしれない。

（結局、何も変えられないのか、私は――）

突然、何かが手に触れるのを感じた。

ぎくりとして、顔を上げる。

「雪媛様」

青嘉の瞳が、じっと雪媛を覗き込んでいた。

闇の狭間《はざま》に、それは煌々《こうこう》と輝くようにはっきりと目に映る。

彼の大きな手。

包み込まれた己の手は、小刻みに震えていた。

(あの時も、大きな手に縋《すが》った)

玉瑛《ぎょくえい》が恋した青年、黄楊慶《おうようけい》。彼がきっと、守ってくれると思ったのだ。彼の手を握りしめながら、細い糸に縋るようにそれだけを頼りに思った。

「大丈夫です」

今、目の前でそう穏やかに語りかけるのは、楊慶ではなかった。

頬に傷を刻んだ青年が、真《ま》っ直《す》ぐに自分を見つめている。

「大丈夫です。まだ、今も、未来も、変えられます」

その力強い言葉と手のぬくもりが、自分と世界の輪郭《りんかく》をはっきりと照らし出した。

無力な玉瑛は衣を脱ぎ捨てるように、その身から剝《は》がれ落ちていった。それはやがて霧《む》散《さん》して彼方《かなた》へと消え去り、見えなくなる。

闇が消え、そこに残ったのは、かつて悪女と呼ばれた皇帝の寵姫——柳雪媛だった。

周囲の風景が、ようやく目に入ってくる。

血の気《け》の引いた様子の雪媛を、潼雲と瑯、燗流《かんる》も心配そうに見守っている。

雪媛は震える身体をなだめ、息をゆっくりと吸い込んだ。現実を摑み取るように、その手を強く握り返す。

「——青、嘉」

ようやく押し出した声は、まだ弱い。

それでも、飲み込まれるような暗闇はすでになく、足下にしっかりと大地があるのを感じた。

彼女を取り囲む男たちの顔。何より、傍らの青嘉の存在。

大きく、息をつく。

（私はもう一人じゃない。ここにいるのは、何もできない玉瑛じゃない——）

もう、震えてはいない。

「……これは、私への脅しだ」

しっかりとした口調で、雪媛は言った。

「歯向かうならば同胞たちの安全は保障しない、と言いたいのだろう」

冷静に考えなくては、と自分を諫《いさ》めた。

（彼らを救わなくてはならない。柳雪媛なら、できるはず）

「私は、脅しに屈するつもりはない。——皆の力を貸してほしい」

いつもの雪媛に戻ったのを見て取り、皆胸を撫で下ろしたようだった。

潼雲が前のめりに「もちろんです！」と声を上げた。

「このような卑劣な行いを、許すわけにはまいりません！　──そうだ、こうなったらこちらも人質を取ってやりましょう！」

「潼雲、卑劣じゃな」

「やられたらやり返せというのが、俺の死んだ大叔父《おおおじ》の遺言なんだ」

「……本当やか？」

潼雲と鄭の会話に、思わずくすりとする。それだけで、こわばりが消え、心がほぐれる。

まだ青嘉の手を握っていることに気づいて、雪媛は少し決まりが悪くなり、ぱっと放した。青嘉は何も言わず、ただわずかに、苦笑するような顔をしている。

──まだ、今も、未来も、変えられます。

青嘉の言葉を反芻《はんすう》する。

（そうだ。まだ、何も定まっていない。まだ──）

「よく知らせてくれた。疲れただろう、よく休め」

「はっ」

斥候を下がらせると、入れ替わりに別の兵士が「失礼いたします」と姿を見せる。

「雪媛様、都からの使者が参っております」

一同は顔を見合わせた。

「環王からの使者でしょう。――少し、待たせておきますか」

　青嘉の言葉に、首を横に振る。

「いい。通せ」

　青嘉たちは一斉に雪媛の左右に分かれて並び、警戒した様子で待ち構えた。使者と言いながら、刺客《しかく》が突然雪媛を襲わないとも限らない。

　しかし現れたのは、そんな物騒な雰囲気とは無縁の、いかにも文官という風情《ふぜい》の男だった。彼はひどくゆったりとした足取りで天幕へ入ってくると、彼らをちらと眺めてうっすらと笑みを作った。

　その姿を目にするや否《いな》や、雪媛はひくりと眉を寄せた。

　唐智鴻である。

　瑯が珍しく噛みつきそうな顔で彼を睨《にら》みつけたが、智鴻はそんなことは気にする様子もない。

「ご無沙汰《ぶさた》しております。このような場所で再びお目にかかるとは、思ってもおりませんでしたが。お元気そうでなによりにございます」

　無用な挨拶など聞きたくない。雪媛は冷たく問うた。

「用件は？」

智鴻は笑みを崩さない。

「先日はつまらぬ者をよこし、大変失礼いたしました。此度《こたび》、陛下はどうしても雪媛様にお伝えしたき儀があると、特別に私をここへ遣わしたのでございます。大事なことでございます故、信頼できぬ者には任せらぬと仰って――」

「さっさと用件を言え」

「……陛下は、戦を望んでおりません。どうか、私とともに都へおいでくださいませ。陛下は恩義あるあなた様を、丁重にもてなしたいと申しております。何より、神女たるお方には、このようなお振る舞いはふさわしくございません。戯《たわむ》れに兵を弄《もてあそ》ぶような真似は感心いたしませんな」

智鴻は雪媛の姿を検分するように眺める。

「そのような無粋《ぶすい》な恰好《かっこう》を……。都へ参られ、以前のように華やかに着飾られませ。せっかくのお美しさが台無しで――」

「返事は以前と変わらぬ。そう伝えよ」

智鴻はやれやれというように、わざとらしく肩を竦《すく》めてみせた。

「ところで、都には少なくない尹族が暮らしております。その者たちが今、どうしているかご存じでしょうか？」

「…………」

「尹族は一人残らず捕らえよ、とのお触れが出ております。すでに大半の尹族を収監しました」

驚く様子のない雪媛たちに、智鴻はなるほど、と頷く。

「すでにご存じでしたか。さすがでございます。ならば話は早い」

「彼らが、何か罪を犯したか？　いったい、どんな罪状だ」

雪媛は、低い声で尋ねた。

「謀反を企んでいるとの疑いがございます」

「謀反人ならば知っている。皇宮で、玉座に収まっている者のことだ」

雪媛の発言は聞こえなかったというように、智鴻は何食わぬ顔で続ける。

「そうそう、捕縛の対象は、柳一族も例外ではございません」

勝ち誇ったように胸をそらす。

「それと、あなた様の腹心であった李尚宇《りしょうう》。彼もまた、獄に繋がれております。彼には特別な牢を用意いたしました」

雪媛はぎゅっと拳を握る。

「……それで？」

「捕らえた尹族は毎日一人ずつ、市《いち》へと引きずり出されます」

智鴻は澄ました顔で口角を上げた。

「最初は、年老いた男。その次は、若い女でしたかな。その後は、私が都を出てしまったので確認できていませんが……毎日一人ずつ、首を刎《は》ねよと、陛下の仰《おお》せにございます」

音を立てて、潼雲と瑯が剣を引き抜いた。

ぎらりとした刀身を智鴻に向ける。

「お前の首を落として、環王のもとに返してやることもできるぞ、唐智鴻」

「私が無事に都へ帰らなければ、その時は残りの尹族は皆殺しになるでしょう」

青嘉が静かに、剣を収めるようにと二人を制す。

「すぐに兵をお引きください。そして都へとおいでになり、陛下に忠誠を誓っていただきたい。神女としてのご神託を、どうか陛下にお授けください。そうすれば、彼らはすぐにでも解放されます。――いかがでしょうか?」

智鴻の細めた目は、獲物《えもの》を完全に仕留めた獣のような勝ち誇った光を湛《たた》えていた。

「雪媛様が都へいらしてくださるまで、毎日一人ずつ、首を落とします。女も子どもも、区別いたしません。どうぞ、よくよくお考えめされよ。陛下はいつでもあなた様をお迎えする準備があります。簡単なことではございませんか。もう一度申し上げます。――無益

な戦など、我らは望んでおりません」

その日以来、都へ向かっていた雪媛軍の足は、ぴたりと止まった。

智鴻が意気揚々《ようよう》と都へ戻ると、環王は喜色を浮かべて彼を出迎えた。

「よくやった、智鴻！」

智鴻は恭しく頭を垂れる。

「ありがたきお言葉でございます、陛下」

対照的に、環王の隣の雨菲は、ひどく不満そうだ。

「進軍が止まっただけで、肝心の神女がいまだ現れないではないですか。智鴻、そなたどうしてそのまま雪媛様を連れて戻らなかったのです」

「まぁまぁ、雨菲よ。まずは侵攻を止めることが肝要であったのだ。無益な争いなどしたくない」

「陛下、ご安心ください。かの神女は必ず近いうちに、自ら陛下のもとへとやってくるでしょう。そこが重要なのでございます。無理やり連行されるのではなく、己の意志で陛下のもとへやってくる、ということが……」

満足そうに環王は頷いた。

「その通りだ、智鴻」

智鴻は頭を垂れたまま、見えぬようにほくそ笑む。

碧成を裏切り寝返ったこの場所で、いかに早く自分の立場を確立するかが重要だ。そんな中でこれは、幸先の良い出だしであった。環王周辺の臣下たちは彼を見下し警戒しているようだったが、環王からの信頼はこの一件で確実に増した。

労《ねぎら》いの言葉をかけられ、智鴻は軽い足取りでその場を辞した。

（今度の陛下は、若い分一層扱いやすい）

また新たに地盤を築かなくてはならないのは手間ではあったが、それでも手ごたえを感じていた。自分はここで、新たな朝廷の中心となり国を動かすのだ。

「唐智鴻」

背後から声をかけられ、振り返る。

侍女《じじょ》を連れた雨菲が、居丈高《いたけだか》な様子で近づいてくるのが見えた。

智鴻は内心で嘲笑《ちょうしょう》する。彼女の振る舞いはかつての柳雪媛を思い起こさせたが、いちいちその出来の悪い紛《まが》い物を見せつけられている気分になる。

そんな本心はおくびにも出さず、にこやかに返事をした。

「これは雨菲様。何かご用にございましょうか」

「ええ。そなたに頼みがあるのです」

「なんなりとお申し付けください」

「少し、歩きながらにいたしましょう」

人に聞かれたくないのだな、と察し、智鴻は連れ立って歩き始めた。そういう人の心の機微《きび》に敏感であることも、生き残るためには必要な才覚なのである。

何より重要なのは判断力だ。

(あの泥船からいち早く降りたのは、真に正しかった)

碧成に見切りをつけ、雨菲に擦《す》り寄り環王のもとへ下った自分の先を見る目たるや、我がことながら見事であったと称《たた》えてやりたい。

もはや、碧成は完全に終わりだ。新たに皇帝となる環王の下で、智鴻は高い地位を得ることになるだろう。そのためには環王の周囲に侍る臣下たちをいくらか蹴落とす必要があるが、それもそう難しいことではなさそうだ。

「雪媛様は、お元気でしたか?」

「ええ。ただ、以前とはだいぶ印象が異なりました。男物の衣に、化粧もせず、髪もまともに結ってはおられず……正直申し上げて、はじめは誰かわからぬほどで」

「まぁ。クルムにいたといいますが、あちらの粗野な空気に当てられたのかしら」

「そのクルムのカガンも、先帝たち同様にその身を使って籠絡《ろうらく》したようでございますから、房中術の腕前は衰えておられないようですな。まったく節操のない女人でございますれば、それを神女と崇めるのはいかがなものかと私は常々思っております」

「ねぇ智鴻。私は心配なのです。そのように幾人もの男を誑《たぶら》かしてきた、あの柳雪媛という人が……」

「心配とは？」

「陛下も……彼女に会えば、籠絡されてしまうのではないかしら？」

智鴻は、なんだ、と思った。

つまり、環王がほかの女に奪われるのではないかと勘繰って焦《あせ》っているのだ。

（結局女の考えることなど、その程度だ）

見事に碧成を騙《だま》し通し、こうして環王のもとに御璽とともに戻ってくるという離れ業《わざ》をやってのけた彼女のことを、少し買いかぶり過ぎていたようだ。この有事の時に、考えることは色恋沙汰《ざた》とは呆れ果てたものである。こうしてみれば、目の前にいるのはただの小娘だ。

しかし智鴻は、労《いたわ》りの色に満ちた声で彼女を励ました。

「陛下は雨菲様のことを、心から愛しておられます。そのような心配はご無用でしょう」

「でも彼女は、二代に渡って皇帝を手玉に取ってきたのよ。そして異民族の王にまで……。都へやってくれば、陛下にも色目を使うに決まっています。それが卑しい出自の女のやり口なのよ」

「雨菲様、ですから……」

「だからお前に頼みたいのよ、智鴻。柳雪媛が都へやってきたら……」

雨菲は手近に咲いていた花を、無造作にくしゃりと摑む。

「——殺してちょうだい」

ぱっと手を離す。無惨にむしり取られた花は力なく地面に落下して、ひしゃげた姿を晒《さら》した。

「しかし、それでは陛下のご意向に背《そむ》くかと」

柳雪媛に自分を認めさせること。環王はそのことに躍起《やっき》になっている。それを叶えさせてこそ、智鴻の功となるのだ。

「陛下は正直に考えすぎるのよ。神女は陛下こそが真の皇帝であると告げてから、息を引き取ったと触れ回ればいいだけのこと。死人に口なしよ。そして幽閉《ゆうへい》している先帝もいなくなれば、陛下は晴れて後顧《こうこ》の憂《うれ》いなく玉座に就《つ》くことができる。——そうなれば智鴻、

そなたの望みは私がなんでも叶えましょう。どんな地位でも、私が陛下にお願いすれば手に入らぬものはないわ」

好き勝手なことを言う、と思いつつも、智鴻は思考を巡らせた。

彼女の言い分は、そう的外《まとはず》れなわけでもない。

（確かに、柳雪媛が以前のように陛下に対して影響力を持つような事態になっては困る。神輿《みこし》を担《かつ》ぐのは、あくまで私であるべきだ）

ここで恩を売れば、雨菲の手綱《たづな》も取りやすくなる。

智鴻は忠実な臣下の顔で、にこやかに礼を取った。

「承知いたしました。雨菲様の不安の芽は、この唐智鴻が必ずや摘《つ》み取りましょう」

# 四章

碧成《へきせい》が失踪《しつそう》して以来、浙鎮《せつちん》はぽっかりと穴が開いたようだと眉娘《びじよう》は感じていた。

皇帝だというあの男性はいつだってぼんやりしていて、雨菲《うひ》の後ろに隠れているような姿しか見たことがない。正直なところ、これが皇帝というものなのかと少しがっかりしていたし、いてもいなくても同じようなものだとすら思った。

それなのに彼がいなくなると、足下が崩れ落ちていくように、あらゆるものが形を変えてしまった。

皇帝の存在がなければ、ここはただの一地方の街にすぎない。皇帝のために行われていた日々のあらゆる宮中的な日課は目的を失い、誰もが暗い顔をして、どこも火が消えたようだった。残された重臣たちは答えの出ない論議を繰り返すばかりで、夜のうちに姿を消した官吏《かんり》や宮女はもはや数えきれない。彼らはここにいても未来はないと見切りをつけ、早々に逃げ出したのだ。

人の少なくなった後宮《こうきゅう》は――そもそも仮の後宮である上に、皇帝まで不在となればもはやそれは女たちが集まるただの区画だったが――ひどくうら寂《さび》しくなり、隙間風《すきまかぜ》が吹くような心地すらした。

（以前なら夜になってもあちこちに灯《あか》りが点《とも》って、人の行き来もあったのに……）

眉娘は人気《ひとけ》のない暗い回廊を歩きながら、様変わりした後宮の風景を見回した。東宸《とうえい》の使いとして、他の妃嬪《ひひん》のもとを訪れた帰り道である。体調を崩したというので、薬を届けるようにと頼まれたのだ。

後宮の秩序がかろうじて保たれているのは、皇后《こうごう》として振る舞う東宸が動揺する様子を一切見せず、女たちに細かく目配りをし、皆を安心させたことが大きい。鷗頌《おうしょう》も、落ち着いてこれまで通りに過ごすように、と眉娘と柏林《はくりん》に諭《さと》した。

（でも、夜に外を歩くのはなんだか怖くなってきた気がする）

日が沈んだこの時刻、眉娘以外に人の姿はない。虫の鳴き声が静かに響いてきて、自分の足音だけが妙に耳につく。

かつては各出入り口の門前で警備についていた侍衛《じえい》たちの姿も、いつの間にか見られなくなった。それが自発的な失踪か、あるいは意図的に警護の手を減らしているのかは、眉娘にはわからない。

ふと甘い香りが漂ってきて、眉娘は足を止めた。きょろきょろと周囲を見回すと、井戸の近くに白い花が咲いているのに気づく。

思わず近づいてしゃがみ込み、香りを吸い込んだ。華やかで馨《かぐわ》しい芳香に、うっとりとする。

(昼間ここを通った時は、何の匂《にお》いもしなかったと思うけれど……もしかして、夜になると香りを放つ花かしら)

眉娘はその花弁の形から茎にいたるまで、まじまじと熱心に眺めた。明日になったら、明るい日の下でこの花をよく観察し、絵に描こうと考える。飛蓮《ひれん》を描く時、背景にぴったりだと思ったのだ。

(いまだに納得のいく絵は、描けていないけれど……)

足音がした気がして、眉娘は顔を上げた。

誰か来たのかと振り返るが、そこにあるのは夜の闇に包まれた朧《おぼろ》げな風景だけで、人の気配はない。

(気のせいかしら)

その静けさと暗闇に、急に心細さが募《つの》った。

こんなところで道草を食わずに早く戻らなくては、と立ち上がり、眉娘は花に別れを告

げて歩き出す。

（また明日ゆっくり観察すればいいわ。名前は何ていうんだろう？　雪媛《せつえん》様からいただいた植物図鑑に載《の》っていたかしら……）

背後から、また足音が聞こえた気がした。

ぴたりと立ち止まり、振り返る。

しかし、誰もいない。

（………？）

不安から、眉娘の歩調は速くなっていく。するとそれに合わせるように、後ろから聞こえる足音も速くなっていくように思えた。

足音は徐々に、眉娘へと近づいてくる。

（誰か、いる……？）

怖くて振り向くことができない。眉娘はもう、ほとんど小走り状態だった。

（あともう少し……）

この角を曲がれば、皇后の宮が見えてくる。

しかし突然、大きな手が眉娘の腕をがしりと摑んだ。

「――!?」

強く引っ張られ物陰に引きずり込まれそうになり、眉娘は必死に抵抗する。

相手は男だった。暗くて顔は見えないが、大きな影がのしかかるように視界を覆《おお》った。

放して、と叫びたかったが、恐怖で喉《のど》が詰まり声が出ない。

(誰か……誰か！)

羽交い締めするように背後から抱きつかれ、ぞっと身を縮める。

手足をばたつかせてもがく眉娘は、声を上げようと口をぱくぱくさせた。

「だ……だれ、かっ……！　たす……」

手で乱暴に口をふさがれ、眉娘の声は途切れた。耳元に伝わってくる荒い息が、男の目的を想像させた。

(——嫌！)

ぎゅっと目を瞑《つぶ》る。

「おい、何をしている」

その聞き覚えのある声に、眉娘ははっと顔を上げた。

次の瞬間、突如《とつじょ》として男の身体は弾《はじ》かれたように吹っ飛んだ。蹴られた毬《まり》のごとく大きな弧《こ》を描いて落下すると、その勢いのまま地面をごろごろと転がっていく。

彼に蹴りかかった東睿が、裳《も》をたくし上げ大きく突き出した片足をゆっくりと下ろすの

を、眉娘は目を見開いて眺めた。

清楚《せいそ》な美少女の恰好《かっこう》からは考えられないその豪快な姿には妙に現実味がなく、一体何が起きたのかと思う。

震えている眉娘に、柏林が駆け寄ってきた。

「大丈夫、眉娘さん⁉」

「……は、はい……」

東睿は、横臥《おうが》し呻《うめ》いている男を覗《のぞ》き込む。

「女所帯だと思って、こういう輩《やから》が入り込んでくるかもしれないとは思っていましたが、すっかりここも物騒になりましたね」

そう言って、起き上がろうとした男の股間《こかん》を問答無用に蹴りつけた。男は無言で悶絶し、がくりと意識を失う。

乱れた裳裾《もすそ》をさっと直すと、何事もなかったように東睿はつつましげな皇后の姿を取り戻した。結った髪が崩れていないかと、手で項《うなじ》のあたりを撫でつけている。

「戻りが遅いので心配しました」

「す、すみません……」

「様子を見に来てよかったよ。遅い時間に、眉娘さんを行かせるんじゃなかったな」

柏林はそう言って申し訳なさそうな顔をする。

「今度からは、夜に外へ出る用事は全部俺がやるから」

「そ、そんな。私が道草を食ってしまって、遅くなって……ご心配おかけしました」

倒れた男を、東睿はまじまじと検分する。

「見たところ、表の下級官吏でしょうか。警備が手薄になった後宮に入り込んで宮女に悪さをしようとは、困ったものです。——柏林、何か縛るものないかな」

「ちょっと待って、取ってくる。その間、東睿君一人で平気？　こいつ起きないかな」

「そうしたらもう一回蹴り上げてやるから、大丈夫」

容赦なく言いきる東睿に、眉娘は先ほどの光景を思い返す。

自分よりも随分《ずいぶん》と大柄な大人の男を、華奢《きやしや》な姿からは想像できない力で激しく蹴飛ばしていた。彼が本当は男の子であると再認識し、見た目に騙《だま》されてはいけないのだなと改めて感心する。

急いで駆けていった柏林は、やがて縄を手に鷗頌を引き連れて戻ってきた。

「眉娘！　怪我《けが》は⁉」

「だ、大丈夫です」

鷗頌は不安そうに眉娘の肩を抱き、衣服に乱れのないことを確認してほっと息をついた。

「よかった……」

その間に、東睿と柏林は昏倒《こんとう》している男をてきぱきと縛り上げていく。

「柏林、こっち押さえてて」

「はーい」

「今度はこっち」

「東睿君、縛るの妙に手慣れてない？」

「国元で荷運びの仕事してたんだ」

「ええ？　この間は鍛冶《かじ》職人の手伝いしてたって言ってなかった？」

「うん、それもやってた」

「わ、その結び方、すごい複雑。初めて見た」

「こうすると、きつく縛れて解けにくいんだ。漁師の結び方」

「漁にも出てたの？」

「少しね」

「ねぇ、その結び方、後で俺にも教えて」

「いいよ。――よし、こんなものかな」

「あ、猿轡《さるぐつわ》も嚙ませておこうか。よいしょ」

「柏林、鼻まで塞《ふさ》いだら死んじゃうよ」

そんな彼らの様子に、眉娘は安心感を覚えた。男性がいるというのは、それだけで心強いものである。

二人は身動きできなくなった男を担《かつ》ぎ上げると、倉の中へと運び入れた。その間眉娘と鷗頌は、周囲に人がいないかとあたりを注意深く見張る。皇后とそのお付きの侍女が縄で縛り上げられた男を抱《かか》えている姿など、見られるわけにはいかない。

「この時間では、表に掛け合ってもろくな対応はしてくれないでしょう。ただでさえ最近は、後宮のことなど全部後回しにされていますからね。朝になったら僕が独賢妃《どくけんひ》のところへ行って、不審者を捕らえたと話します。彼女から、父親に相談してもらいましょう。それで少しは警護の手も増えるかもしれません」

倉の鍵をかけると、東睿はやれやれというように首を傾《かし》げて、自分の肩を叩いた。

彼が芙蓉《ふよう》に話すと言ったことに対し、鷗頌もそれがいいわね、と賛同した。

独芙蓉の立場は、今では随分と変化している。

碧成失踪に関与したとして蘇高易《そこうえき》は幽閉《ゆうへい》され、独護堅《ごけん》が浙鎮の中心に立つようになると、その娘である芙蓉は皇后と力を二分する存在として注目されるようになったのだ。

そもそも碧成の子を唯一《ゆいいつ》産んだ妃《きさき》であり、位《くらい》も高い。逃げ場もなく取り残された女たち

は、またこの狭い世界においての強者を見定め、己《おのれ》の保身のためにうまく立ち回ろうと汲々《きゅうきゅう》としている。

そんな芙蓉は最近、皇后である東睿に対してだけは最低限の礼を尽くすようになってい た。居丈高《いたけだか》な態度は相変わらずであったものの、東睿の話には一応耳を傾けるし、皇后として命じたことには従う様子を見せていた。

翌日、東睿から事情を聞いた芙蓉は、父親にあの男を引き渡して後宮の現状を訴えたらしい。その夜から後宮では、数名の兵士が巡回する姿を見るようになった。

ただそれでも、以前に比べれば十分と言える警備体制ではない。東睿と柏林は頑として、夜に眉娘や鷗頌を一人で出歩かせないようにした。

飛蓮が突然戻ってきたのは、そんな折だった。

眉娘たちはひどく安心したし、それと同時に彼のもたらした情報は、沈んでいた気持ちを一気に浮上させた。

「雪媛《せつえん》様はご無事なんですね！」

「ああ、クルム軍を率いて蓬州《ほうしゅう》に向かわれた。今頃、存分に敵を蹴散らしていらっしゃる

だろう」

飛蓮は少し日焼けした顔に笑みを浮かべた。雪媛のことを語る時の彼は、常よりも瞳が輝いている。

「ご無事に決まっていると思っていましたわ。あの方、死んでも生き返ってくるくらいですからね」

つんとして言った鷗頌だったが、その顔にはありありと安堵《あんど》の色が広がっている。

「素直じゃないよね、鷗頌さんて」

こそっと柏林が眉娘に囁《ささや》く。眉娘もくすくすと笑って頷《うなず》いた。

「雪媛様は、お変わりありませんか？　クルムでの生活は、大変だったのではないでしょうか」

飛蓮は「いや？」と思い出したように微笑む。

「むしろあちらでの生活が、肌に合っていらっしゃるようだった。草原を馬で駆ける姿がよくお似合いで、瑞燕国《ずいえんこく》にいらした頃よりも、生き生きとされていたな」

「飛蓮も結構日に焼けたね。健康的でいいんじゃない？」

柏林が顔を覗き込む。

「俺も、実はクルムこそが俺の居場所かもしれないと思った」

「ふーん。どうせクルム美人からモテモテだったとか言うんだろ」

　茶化すような柏林の言葉に、飛蓮はにやりとする。

「聞いて驚け、柏林！　クルムの女からは一切見向きもされなかった！　あれほど誰からも注視されないというのは初めての体験だったが、これがもうすこぶる居心地がよくて……」

「ええ？　飛蓮殿が、ですか」

　鷗頌が意外そうに目を瞠《みは》る。

「都中の貴族の娘たちが飛蓮殿を一目見ただけで、それまで進んでいた縁談話を反故《ほご》にしてしまったという逸話《いつわ》をお持ちのあの司《し》飛蓮殿が……見向きもされなかったと？　真でございますか？」

「その話、誇張がひどい」

　顔をしかめる飛蓮に、眉娘は笑って言った。

「土地が変われば、異性に求める魅力も異なるのかもしれません。都で異国の絵をいくつか見たことがありますが、我が国とはまったく違う感性を持っているのだと感じました」

「そういえば、燗流《かんる》が眉娘によろしくと言っていたぞ」

「え？　燗流さん？」

意外な名が飛蓮の口から出てくる。

「姜《きょう》燗流。知っているだろう？」

「は、はい。でもどうして……」

「彼は紆余曲折《うよきょくせつ》あって、今は雪媛様の護衛をしている」

「ええ⁉」

「あれはすごい男だな。彼が傍《そば》にいる限り、雪媛様は絶対に安全だと思うぞ」

「それは……ええ……そう、だと思います……」

その後どうしているだろうかとは思っていたが、燗流の人生のなりゆきは眉娘の想像の斜め上をいっていたらしい。

そうして懐《なつ》かしい人々の安否《あんぴ》がわかり、ほっとしていたのも束《つか》の間《ま》。

碧成が都で環王《かんおう》の虜囚《りょしゅう》となっている事実が明らかになると、浙鎮はいよいよ恐慌を来《きた》した。

それでも皇后であるところの東睿は、周囲で起きている変化に対しても動じることなく淡々と過ごしていた。碧成が都にいるとわかった時にも、彼は大きな動揺は見せなかった。

「この戦《いくさ》に負けた――ということですね」

独護堅が報告にやってきた時、彼は静かにそう言い放った。

それは、誰もがわかっていながらも、はっきりとは口には出さないことだった。

「皇后様、それは……」

「都へ攻め上り、陛下をお救いすることはできないのですか」

「もちろん皆、そうしたいのでございます。ですがそれは、陛下のお命を危うくする恐れがございます故《ゆえ》……」

彼はああだこうだと理由をつけて、それは難しいのだとくどくどしく説明した。

護堅が退室してから皇后の居室を訪れた飛蓮は、それを聞いてため息をつく。

「洪《こう》将軍などは、今すぐ陛下を助けに都へ向かうべきだと声高《こわだか》に叫んでいるが、負けを認めて降伏すべしという者も多い。早めに恭順《きようじゆん》の意を示せば命ばかりは助かるだろうと考えているんだ。しかし命は助かっても、環王のもとでは出世の見込みはほとんどない。だからといって今攻め込めば、陛下が殺されるかもしれない……八方塞がりだ。特に独護堅は流刑《るけい》投降したところで、陛下の片腕としてこの朝廷を率いていた事実からすれば、よくて流刑……最悪、死刑だろう」

飛蓮は、蔑《さげす》むような冷たい光を瞳に浮かべた。

独護堅は飛蓮にとって親の敵《かたき》なのだ、と柏林に聞いたことがある。そしていつか必ず、その仇《あだ》を討つつもりである、と。彼にしてみれば、むしろそうなってくれることを望んで

いるのかもしれない。

東睿が首を傾《かし》げる。

「攻めようが攻めまいが、陛下は害されるのではないですか？　環王にとって、陛下は生きていては困る相手でしょう」

「そうだな。ただ、現時点で陛下はまだご存命のご様子。殺さずにいるということは、何か狙いがあるんだと思う」

「狙いとは？」

「禅譲《ぜんじょう》――という体《てい》を装《よそお》うつもりじゃないか」

「禅譲……」

「陛下が、弟に譲位すると宣言して皇帝の座を退《しりぞ》く。そうなれば環王に対して非難の声も出にくい。環王は何より、自分が簒奪者《さんだつしゃ》と言われることを恐れているはずだ。雪媛様を探していたのも、神女からお墨付きがほしいからだろう」

「では、陛下は害されないと？」

「表向きは監視付きで、どこかに隠居する形を取るんじゃないか。しかしいずれは……消されるだろうな。恐らく、病《やまい》と称して、ひっそりと」

眉娘はぞくりとして身を震わせた。

つい先日まで身近に接していた相手が、今や囚《とら》われの身であり、やがては殺されると聞くと、なんともいえない気分になる。

「東睿君はどうなるの？　陛下が殺されるなら皇后も無事では済まないんじゃないの？」

「仮にも燦国《さんこく》の公主《こうしゅ》を殺そうとは思わないだろう。国内を安定させるべき時に、わざわざ他国との争いの火種を作るとは思えない。それなりに遇されるはずだ。……が、その前に」

飛蓮は東睿を見据えた。

「東睿には、死んでもらおうと思う」

「……！　な……っ、飛蓮さん！」

眉娘は思わず息を呑んだ。

「はい、それがいいと思います」

東睿がこくりと頷いた。

「そんなっ、東睿さん……！」

「眉娘、本当に死ぬという話じゃない。『皇后』である公主という女人《にょにん》に死んでもらうんだ。そうしなきゃ、東睿が男に戻れないだろう」

「あ……」

そういうことか、と胸を撫で下ろす。

「これだけ混乱している状況なら、皇后が病に倒れて急死したとしても、深く調べられることもないだろう」

「飛蓮さん、それに異存はありませんが、ひとつだけ……」

「何だ？」

「皇后という立場でもう少し何かできるのでしたら、ここで暮らす女性たちを可能な限り安全に逃がしてやりたいんです。それと、独芙蓉と娘の平隴《へいろう》公主も、できるだけ辛《つら》い思いをしないように」

意外そうにする飛蓮に、柏林が苦笑しながら、

「東睿君は、今じゃ本物の皇后様みたいに後宮のことを考えてるんだよ」

と説明する。

「だって、ほかに彼女たちのことを考えてくれる人なんていないじゃないですか。僕の地位は借りものですが、折角《せっかく》利用できる力があるなら、みなさんを騙《だま》している代償にできることはすべきでは？」

「こんな感じ」

どこか誇らしげな柏林に、飛蓮は感心したように顎《あご》を摩《さす》った。

「俺は偶然にしては素晴らしい逸材《いつざい》を身代わりに据えたらしい」

「ねぇ東睿君。皇后として死んだ後はどうするの？　燦国に帰るの？」

「まだわかりませんが、ともかくこの顔を知る人がいない場所に行く必要がありますよね？」

飛蓮が「そうだな」と頷く。

「そう……」

柏林の横顔には、少し寂《さび》しげな影が差している。

最近の柏林と東睿は本当に仲が良いから、東睿がいなくなってしまうのが名残《なご》惜《り》しいのだろう。

（こんなふうにここで過ごすのも、あとわずかなんだ……）

雪媛が無事だとはわかったものの、彼女も、この国も、これからどうなっていくのかわからない。

そっと飛蓮を窺《うかが》う。

彼の絵を、それまでには完成させられるだろうか。

雪媛の噂が浙鎮にまで流れてきたのは、それからしばらく経《た》ってからのことだった。

雪媛が朔辰軍《さくしんぐん》を撤退させ、軍勢を率いて都へと向かっているらしい、と聞いた鷗頌はひどく興奮していた。碧成を救うために、環王と一戦交えるつもりなのだという。

そうなれば、いずれ攻め滅ぼされるとしか思えなかった浙鎮の風向きも、変わるかもしれない。

ところが徐々に、聞こえてくる噂は不穏なものになっていった。

雪媛は突如進軍を止《や》め、軍営から忽然《こつぜん》と姿を消してしまったというのだ。

「お一人で、環王に下ったらしい、と……」

噂を聞きつけて戻ってきた鷗頌は、ひどく青ざめている。

「ええ？」

「都にいる尹《いん》族を、人質に取られたのですって。雪媛様が環王に投降すれば、助けると言われたとかで……。あの方は、特に同胞に対しては情が深いのよ。女や子どもまで殺すと脅《おど》されたら……」

「そんな。では、どうなるのですか？　雪媛様は環王に仕《つか》えるように？」

「それは――」

そこへ、飛蓮の来訪を告げる声が聞こえた。

すでに夜半である。こんな時間にやってくるということは、何かあったのかもしれなか

った。

不安に思いながら眉娘が扉を開くと、飛蓮がいつになく険《けわ》しい表情で立っていた。

「どうされたんですか、飛蓮さん」

「うん、まぁ――中へ」

言葉少なにさっと部屋に入った飛蓮の背後には、その背に隠れるように一人の宮女が立っていた。顔を伏せたその宮女は、彼に続いてするりと影のように扉を潜《くぐ》る。

誰だろうと訝《いぶか》しんだ眉娘は、扉を閉めながらその宮女の様子を窺う。

(――え?)

眉娘は言葉を失った。

「飛蓮殿?　その宮女は……」

怪訝《けげん》そうに言いかけた鷗頌が、口を噤《つぐ》む。

大きく目を見開き、わなわなと震えたかと思うと、

「雪媛様……!」

と声を上げた。

伏し目がちに顔を伏せていた宮女が、ゆっくりとその面《おもて》をこちらへ向ける。

それは確かに、記憶の中にある雪媛の顔であった。変わらず美しい曲線を描く額《ひたい》には、

最近宮女たちの間で流行《はや》っている花鈿《かでん》が施《ほどこ》されている。

柏林も目を丸くして、どういうこと？　というように飛蓮に視線を向けている。

雪媛は、静かに微笑んだ。

それはどこか影を纏《まと》い、負い目を含んでいるように眉娘には思えた。

「皆、無事でよかった」

「雪媛様、これは……どうして……何故ここに」

動揺する鷗頌に、飛蓮もまた困惑《こんわく》した様子で説明する。

「俺も驚いているんだ。昼間、突然燗流殿が現れてな。彼に連れていかれた先に雪媛様がいらっしゃって……皇后と話がしたいから後宮へ入る手引きをしてほしい、と仰《おつしや》る」

そう言って、ちらりと雪媛の姿を見やる。

「それで、こうして変装していただいた。途中でばれないかとひやひやしたが、後宮も人がすっかり減って、夜は閑散《かんさん》としているから助かったよ」

「皇后と話とは……つまり東睿と、ということですか？」

鷗頌の問いに雪媛は頷く。

東睿は立ち上がり、雪媛の前に跪《ひざまず》いた。

「お初にお目にかかります。孔《こう》東睿と申します。雪媛様のことは、皆さまからよく伺《うかが》って

おりました。お会いできて光栄です」

　雪媛は、ひどく感心したように東睿を眺めた。

「なるほど。これは確かに美少女にしか見えないな。……飛蓮から、事情は聞いている。大変な役目をよく引き受けてくれた。感謝する、東睿」

「いいえ。本来であれば、公主様を騙《かた》った罪に問われて首を刎《は》ねられても当然の身です。皆さまにはよくしていただいており、こちらこそ感謝を」

　そう言って顔を上げると、東睿は首を傾げた。

「それで、私にお話とは？　ご存じの通り、皇后といっても私は偽者《にせもの》ですが」

「いいや、飛蓮からの話を聞く限り、むしろ真の皇后はあなただ、東睿。私が今必要とするのは、この後宮の主《あるじ》であり、陛下不在の中でこの浙鎮での発言力を持つ者だ」

　雪媛は東睿を立たせてやる。

「一体、私に何をお望みなのですか？」

「浙鎮の軍だ」

「雪媛様は、ここにある兵力を都へ向けたいとお考えなんだ」

　飛蓮が言う。

「都にいる尹族が捕らえられている。目的は雪媛様だ。雪媛様が都へ赴《おもむ》き環王に膝《ひざ》をつく

まで、毎日一人ずつ尹族の首を斬る、と脅しをかけられている」

「首を……」

眉娘は身を竦《すく》めた。

「実際、すでに犠牲が出ているようだ。噂によれば、その首は……市《いち》に並べて晒《さら》されているとか」

雪媛が頷いた。

「日に日に、その数は増えていく。このままにはしておけない」

「まさか雪媛様……本当にお一人で都へ行き、環王に下るおつもりですか？」

心配そうに、鷗頌が言った。

「私は、環王に従うつもりはない」

雪媛の瞳は、固い決意を孕《はら》んだ強い光を放っている。

それはどこか炎にも似ていて、眉娘は一瞬気圧《けお》されたようにわずかに身を引いた。

「囚われた陛下と尹族を、この手で助け出す。そのためにここへ来た」

「雪媛様……」

「事は急を要する。だが、私の率いる軍勢だけで一気呵成《いっきかせい》に都を落とすのは容易ではない。どれほど時間がかかるか――その間に、罪のない者がさらに命を落としてしまう。あるい

は、攻めあぐねた時点で皆殺しにされるかもしれない」

「それで、ここにある軍が欲しいというのですか？」

東睿の質問に、こくりと雪媛は頷く。

「そうだ。環王側はすでに浙鎮に対する勝利を確信して油断しているのだろう、大半の兵を撤退させている。この隙《すき》に、浙鎮に残っている兵力をすべて都へ向けてほしい。そうなれば、環王側も再び兵力をこちらへ割くはず」

「つまり、兵力を分散したいと？」

「そう、できるだけ都の守備を手薄にしたい。ここにある軍を動かすには、独護堅を説き伏せねばならないだろう。だが、あの男が私の話など聞くはずもない。だからこそ、皇后の力添えがほしいのだ」

頼む、と雪媛は東睿に対して膝をついた。

「多くの者の命が懸《か》かっている。どうか、力を貸してほしい」

頭《こうべ》を垂れる雪媛を、東睿はひどく驚いていた。偽の皇后である自分に対して、身分ある女性がこんな態度を取ることが信じ難《がた》いのだろう。

「頭を上げてください。僕のような者に、そんなこと……」

「お願いだ、東睿」

雪媛は動かない。

困惑した様子の東睿は、恐る恐るというように雪媛の手を取った。

そうして彼女を引っ張り上げるように立たせる。

「……独護堅を、説得すればよろしいのですね」

「そうだ。今、ここにいる者たちを束ねているのはあの男だと聞く」

「わかりました。やってみます。……うまくできるかは、わかりませんが」

「ありがとう」

雪媛はほっとしたようだった。

「それともう一人、会いたい人物がいる。協力してもらえないだろうか」

「会いたい人？」

雪媛は、決意を秘めた面を上げた。

「独芙蓉――彼女とも、話がしたい」


「必ず、殿下からご寵愛を受けるのよ、芙蓉」

母はそう言って、身支度を整えた芙蓉の手を取った。

独家の屋敷の前には、迎えの輿《こし》が控えている。皇太子のもとに側室として召される彼女のために、皇宮《こうぐう》から遣《つか》わされたのだ。

「皇太子妃には、決して負けてはなりませんよ。どんなことをしてでも、殿下にとっての一番になり、御子を産むのです。皇子をね。いずれ殿下が皇帝となられた時、その子が皇太子となれるように」

「ええ、お母様。お任せください」

自信に満ちた微笑みを浮かべ、芙蓉は部屋を出た。

扉の脇で控えていた潼雲《どううん》が、顔を上げる。その表情は暗い。

彼が自分との別れを惜しんでいることはわかっている。幼い頃から好意を寄せられているのは明らかであったし、彼女はそれを利用して彼を思うがままに動かすことができた。

思いやり深い女主人の顔をして、芙蓉は彼に別れを告げた。

「潼雲、元気でね」

「芙蓉様……」

「今までありがとう」

「これからもずっと、私の主は芙蓉様です。芙蓉様に何かあれば、私はいつでも馳《は》せ参じますから……！」

この独家で、彼女が存分に言うことを聞かせられる相手は潼雲だけであった。母は第二夫人で、身分も低かった。芙蓉は父から目をかけられることもなく、扱いは正妻が生んだ姉たちとは雲泥《うんでい》の差だ。

侍女をつけてもらうこともできず、病を患《わずら》ってもろくに医者を呼んでもらえない。着るものは姉たちのお古だ。しかもそのお古をもらうには、姉たちに這《は》いつくばり、頭を下げて懇願するという屈辱的な方法しかない。その度《たび》に姉たちは「物乞いが来た！」と嘲笑《ちようしよう》を浴びせ、犬に餌《えさ》をやるようにお下がりを放り投げてよこした。それもわざと破いてあるものばかりで、それを繕《つくろ》って着なければならなかった。

それでも弟の魯格《ろかく》が生まれてから母の立場は大きく変わり、芙蓉の待遇もある程度改善されることになった。正妻の長男は病弱であったから、父も魯格を跡取りにすることを考えていたのだろう。

ただし、それはあくまで弟に価値があるというだけで、自分はその付属品に過ぎないのだと芙蓉が気づくのに、そう時間はかからなかった。

それまで常に芙蓉を一番に考えてくれた母は、弟ばかりを優先する。父は時折魯格を呼び出してはあちこち連れて回っていたが、芙蓉のことは眼中にないようであった。

変化は、芙蓉が成長し、その美しさが人の口に上るようになることで訪れた。

父は人づてにその噂を聞き、自分の娘の器量の良さにようやく気がついたらしい。彼は皇太子の側室として娘を後宮へ入れることを決めると、入宮《にゅきゅう》のための支度に金に糸目をつけずに気を配り、各所に心づけをふんだんにばらまいた。

芙蓉は嬉しかった。父が初めて自分に注目し、心を砕いてくれる。

母も芙蓉の美しさに磨きをかけるため、昼夜問わず傍に付き添った。この時ほど、自分が世界の中心にいると感じたことはない。

己《おのれ》の美貌に価値があり、それによって人の関心を得ることができるということを、芙蓉はこの時に知ったのだ。そうすれば、自らが力を持つことができるのだということも。

それは彼女にとって、心が震えるほどの希望の灯りだった。

後宮へ入り、皇太子碧成の寵を勝ち取れば、数多《あまた》の者たちを傅《かしず》かせることができる。

(そして皇子を産み、その子がいずれ皇帝となれば――私は皇帝の生母)

誰一人、彼女に跪かない者などいなくなるだろう。

輿の待つ正門へと向かうと、父とその正妻である仁蟬《じんぜん》、そして異母姉たちの姿があった。居並ぶ彼らを前に、芙蓉は傲然《ごうぜん》と胸を反《そ》らす。

これまでずっと、彼らの足下に這いつくばって生きてきた。だが、もう二度とそんな真似をするつもりはない。

姉たちは内心、臍《ほぞ》をかんでいることだろう。正妻の子である自分たちではなく、芙蓉が皇太子の側室になるのだから。

（仕方がないわね、そのご面相じゃ）

彼女たちの不恰好な鼻や顎を、鼻で笑った。

父の前に跪く。

「行ってまいります、お父様」

「殿下に、よく尽くすのだぞ」

自分に対して父が期待をかけていると思うと、ひどく気分がよかった。彼に跪くのも、これで最後だ。次に会うことがあれば、跪くのは父のほうである。

それがまた、想像するだけで大層愉快であった。仁蟬と姉たちも、自分の足下に手をつくのだ。早くその姿を眺めたい。

晴れやかな気持ちで乗り込んだ輿は、彼女を生家から意気揚々《ようよう》と運び出し、後宮へと誘《いざな》った。芙蓉の胸は、希望に満ちていた。

皇太子である碧成と対面したのは、それから数日後のことだ。

最初の印象は、物静かでおとなしそう、という程度だった。

美しく着飾った芙蓉を見ても、ほとんど興味を示さない。それで芙蓉の闘志に、俄然《がぜん》火

がついた。部屋に籠《こも》り書を読むことを好む彼を、何かと理由をつけては訪れ、あるいは外へと強引に連れ出した。

「殿下、今日はよい天気ですわ。舟遊びをいたしませんか？」

「牡丹《ぼたん》が綺麗に咲いておりますのよ。よい香りがするのです、ご一緒に参りましょう」

「殿下、この書物を読んでいるのですが難しいのです。御指南《ごしなん》いただけませんか？」

遠慮する様子もなく幾度も誘いにやってくる彼女に、碧成は最初、ひどく戸惑《とまど》っているようだった。

それでも嫌な顔はせず、教えを乞えば丁寧《ていねい》に説明してくれたし、彼のために縫った匂い袋を渡すと「ありがとう」と大事そうに受け取り、お返しにと見事な髪飾りを贈ってくれる。

「そなたといると、退屈せぬな。嫌なことも忘れられる」

そう言って遠慮がちに笑う碧成の優しい笑顔に、芙蓉はいつしか惹《ひ》かれていた。

碧成が、父である皇帝の前ではひどく緊張していることにもすぐに気づいた。父親に認められようと必死なのだ。

それは、幼い頃の自分を見ているようだった。

そういう時、芙蓉は勇気づけるようにそっと彼の手を握った。そうすると碧成は、ほっ

としたように肩の力を抜き、密《ひそ》やかに芙蓉に微笑みかけてくれるのだ。

皇太子妃である純霞《じゅんか》はほとんど人前に姿を見せず存在感がなかったが、芙蓉は念のため彼女をさらに碧成から遠ざけるべく腐心《ふしん》した。

純霞は愚かだ。こんなにも優しく素晴らしい夫を知らずに、後宮の奥底に引きこもり続けているのだから。

「殿下、眉を描いてくださいますか」

芙蓉はよく、そうせがんだ。

そうすると碧成はくすりと笑って、黛《まゆずみ》を手に取る。顔を寄せ、優しい手つきで眉を引いてくれる。

そんな彼をじっと見つめる、その時間が芙蓉は何より好きだった。

そうして芙蓉は、碧成の寵姫としての座を固めていった。芙蓉のもとには、碧成からの贈り物と、思い出が溢《あふ》れていく。

（殿下にとって、わたくしは誰よりも大切な存在）

子どもも身ごもった。思えばあの頃、幸せの絶頂を味わっていたと思う。

しかし、やがて芙蓉は気づいたのだ。

いつも碧成の視線の先にあるものに。

柳昭儀《しょうぎ》。

皇帝の寵姫であるその女を前にすると、碧成の顔が常になく輝く。

うっとりと彼女を見つめ、声をかけられれば浮き立つ心持ちが溢れ出すように、見たこともない微笑みを浮かべる。

碧成を愛する彼女には、どうしようもなくわかってしまった。

彼は、柳昭儀を愛している。

芙蓉に対しては、今まで通り変わらず誠実でいてくれる。しかし、そんなことは重要ではない。

（わたくしは、一番ではない）

生まれたのは、娘であった。

まるで、母と同じ運命をなぞっているかのようだった。

ずっと二番目だった母。そしてその娘は、まるで誰の目にもとまらない。

（男の子――皇子を産まなくては）

そうすればきっと碧成は、芙蓉を一番にしてくれる。娘の公主は、芙蓉と同じ轍《てつ》を踏まずに済む。

（殿下の一番はわたくし――殿下が最も愛するのはわたくし――）

再び妊娠した時、絶望の淵《ふち》にいた彼女にとって、それは新たな希望だった。

なんとしても、今度は皇子を産むのだ。そして柳雪媛を必ず追い落とし、碧成の心を自分だけのものにしてみせる。

（そうすれば、きっと――幸せになれるわ）


薄暗い部屋は、水底《みなそこ》のような藍《あい》色を帯びている。灯りは、小さな燭台ひとつだけ。

芙蓉は長椅子に座り、静かに娘の頭を撫でていた。

膝の上で眠ってしまった公主は、安らかな寝息を立てている。そのあどけない寝顔を眺めながら昔のことを思い出していた彼女は、ひどく虚《うつ》ろだった。

碧成が忽然《こつぜん》と姿を消して以来、夜も眠れない日々が続いている。

同時に、雨菲もいなくなった。

それを知った時、芙蓉は叫びだしたくなった。

何故、雨菲なのか。

どうして、自分ではないのか。

碧成とともにあるのが、何故自分ではないのだ。

雨菲が常に浮かべている、あの勝ち誇った表情。それは、記憶の中で雪媛のものと重なっていく。

皇子が生まれるはずだったのだ。それなのに、雪媛がその子を殺した。

「おかあさま……」

いつの間にか目を覚ました公主が、こちらを見上げている。

「おかあさま、どこか痛いの？」

心配そうな公主の言葉に、芙蓉は不意を衝《つ》かれた。

「痛くて、そんなお顔をしているの？」

「……どこも、痛くありませんよ」

「本当？」

「ええ。……さぁ、もうお部屋へ戻りなさい」

乳母《めのと》を呼び、公主を連れていくように命じた。手を引かれていく公主が、まだ気にかける様子で幾度か芙蓉のほうを振り返った。

扉が閉まり、芙蓉は一人、ぼんやりとしたまま動かない。

碧成が消えてからというもの、残された者たちは戸惑うばかりだった。そして、絶望が広がった。皇帝を戴《いただ》くからこその正統性なのだ。碧成がいなくなればただの烏合《うごう》の衆でし

かない。

父の独護堅が懸命に皆をまとめようとしているが、櫛《くし》の歯が欠けるように、一人また一人といつの間にか臣下たちはいなくなっていった。

この仮の後宮も例外ではなく、昨日までいたはずの宮女の姿が突然見えなくなる日が続いた。それでも、随分と踏みとどまっているほうだろう。

「賢妃様、皇后様がお見えにございます」

そう呼びかける侍女の声に、芙蓉は訝《いぶか》しんだ。こんな時刻に一体何の用だろうか。

燦国から嫁《とつ》いできた皇后は、いまだここに留まっている一人だった。彼女がいるからこそ、女たちの間では表ほどの混乱は起きていない。

不思議な女だ、と思う。

これまで寵を競ってきた女たちとは、何かが違う気がしていた。碧成への関心が薄いこともあるが、それは前《さき》の皇后であった安《あん》純霞も同じことだ。彼女が異国の公主だからだろうか。

「……通してちょうだい」

涼やかな顔で現れた皇后は、ごきげんよう、と挨拶する。

「今、そこで公主にお会いしました。礼儀正しく挨拶もおできになって、本当に可愛らし

いですね」

「わざわざ足をお運びいただくとは、どのようなご用向きでしょう」

朗《ほが》らかに雑談に興《きょう》じる気分ではない。

「陛下が、都にいらっしゃるというのはお聞きになりましたか」

「聞いております」

都から、環王の使者がやってきたという。そして、碧成の身柄を預かっていること、すぐに矛《ほこ》を収めて降伏するよう勧告されたのだ。

それによりさらに逃げ出す者が増えた、と父は嘆《なげ》いていた。

「やはり、蘇才人《そさいじん》が計画したことのようです。最初からそのつもりで、陛下のお傍に近づいたのでしょう。陛下は蘇才人と唐智鴻《とうちこう》に連れ去られたのです」

「陛下は、ご自分の意志で出ていかれたのかもしれませんわ」

芙蓉は、自嘲するように顔を歪めた。

「置いていかれてしまったのですわ。わたくしも、皇后様も。あの方に……」

選ばれなかったのだ。

どこまでも、一番にはなれなかった。

（わたくしは、いつだって、誰かの最も大切な人間にはなれない）

「――そうではない、賢妃」

唐突に響いた声に、芙蓉は眉を寄せた。

誰が喋《しゃべ》ったのか、と視線を巡らす。

皇后の後ろに控えた宮女。

その一人が、伏せていた顔をゆっくりと上げた。

「陛下はご自身の意思に反して攫《さら》われた。決して、ご自分の意志などではない」

目に映ったその顔に芙蓉は瞠目《どうもく》し、そして、憎しみと怨嗟《えんさ》に満ちた声を上げた。

「柳……雪媛……！」

# 五章

雪媛《せつえん》を前に蒼白《そうはく》になった芙蓉《ふよう》は、身体を震わせていた。その瞳の奥に激しい憎悪が噴き出すように閃《ひらめ》くのを、雪媛は見た。

「……これはどういうことでございますか、皇后《こうごう》様！」

「賢妃《けんぴ》と話がしたいというので、連れてまいりました」

「この女が誰か、知っているのですか⁉」

「はい。柳《りゅう》雪媛。神女と呼ばれる、陛下の妃《きさき》の一人です」

芙蓉はつかつかと雪媛に歩み寄ると、ぱっと手を振り上げた。

激しく頬をぶたれ、雪媛はぐらりと身を揺らす。

わなわなと震えながら摑みかかってくる芙蓉の顔が、ひどく間近に迫った。白い額《ひたい》に浮き上がる青い血管の一筋一筋まで、よく見て取ることができるほどに。

「人殺しっ！　わたくしの、わたくしの子を……陛下とわたくしの子を……！」

「おやめください、賢妃様！」

荒れ狂う芙蓉を止めようと、鷗頌《おうしょう》が割って入る。しかし芙蓉は我を忘れて暴れ、鷗頌は強《したた》かに突き飛ばされた。

「お前のせいよ……全部お前の！　あの子が生まれていれば、陛下はお世継ぎを得ていたというのに！　そうであれば、環王《かんおう》などの好きにはさせなかったわ！　何が神女よ！　お前がこの国を混乱に陥《おとしい》れたのでしょう！　わかっていたわよ、お前は陛下のことを愛してなどいない！　ただただ力を手に入れたくて、陛下を利用していたんでしょう！　そのために、わたくしの子まで手にかけて……！」

手荒に揺さぶられ、髪を摑まれ引き倒されそうになっても、雪媛はされるがままだった。

芙蓉は怒りに任せるままに、さらにその身を打ち据えようとする。

しかし、振り上げられた彼女の手を、東睿《とうえい》がぱしりと摑んだ。

「賢妃、そこまでに」

芙蓉は「放して！」と暴れたが、少女のように見えてもやはり男である東睿の力は強いらしく、びくともせずにいる。

芙蓉は涙でくしゃくしゃになった顔で、東睿を睨《にら》みつけた。

「あなたもこの女と通じていたのですか！　ああ、誰も彼も操られてしまう。陛下もそう

だったわ……！　どうして気づかないの、この女こそが諸悪の根源なのよ！」

雪媛は無言のまま、芙蓉に向かって跪《ひざまず》いた。

その姿に鷗頌が目を剝《む》く。

「⁉　雪媛様！」

「……私は確かに一時、あなたの腹の子を殺そうと考えたことがある」

ひくり、と芙蓉が喉《のど》を鳴らす。

再び暴れだしそうな彼女を、東睿がぐっと押さえ込んだ。

「けれど誓って、あなたに紅花《べにばな》を飲ませたのは、私ではない」

「そんな嘘が、信じられると思っているの！」

「信じられなくて当然だと思う。だから、それでもいい。でも賢妃――いや、芙蓉。これだけは信じてほしい。陛下は今、都で環王に囚《とら》われている。私は彼を救い出したい」

芙蓉は怒りに震えながら、肩を上下させている。

「陛下を救うためには、あなたの力が必要だ。どうか、協力してほしい」

「誰が、お前なんかに……っ」

「陛下のためだ」

その言葉に、芙蓉はぴくりと眉を揺らす。

「あなたが陛下を心から想っていることを、私は知っている。後宮《こうきゅう》の誰よりも、あなたの陛下への愛は深かったと……きっと、陛下もわかっていた」

「……うるさい！」

紅潮《こうちょう》した頬を戦慄《わなな》かせながら、芙蓉は叫んだ。怒りに燃えるぎらぎらとした瞳が大きく見開かれ、その奥に雪媛の姿が映し出されている。

「馬鹿にしているの？　結局、陛下に愛されたのはあなた！　そして、ここでは雨菲《うひ》だった！　ええ、笑うがいいわ！　わたくしはどこまでも、一番にはなれない女よ！　何も得ることができない、惨《みじ》めなだけの……！」

喚《わめ》き散らす芙蓉は、これまで見てきたどんな彼女よりも幼い少女に思えた。きっとそれが、虚勢をすべて剝《は》がした彼女の本当の姿だった。

「あなたには公主《こうしゅ》がいる。このままでは、公主はどうなる？」

「――お前がわたくしの子を語るな！」

芙蓉は鋭い声を上げた。

少女のようであった彼女が、今は母の顔で雪媛を睨みつける。今にも嚙みつきそうな、恐ろしい剣幕だった。

「わたくしから公主まで奪っておいて、ぬけぬけと……！　あの子はわたくしが軟禁され

ている間に、すっかりお前を本当の母だと思い込んでしまっていたわ。わたくしをまた母と呼ぶようになるまで、どれだけの時間がかかったと思うの？　そんな公主を前にした、わたくしの惨めさ、悔しさがわかる？　……わからないでしょう！　何もかも、簡単に手に入れるあなたには！」

「このまま環王が皇帝となれば、あなたも公主もその立場上、無事ではすまない。配流《はいる》か、あるいは身分を剝奪《はくだつ》され平民に……悪ければ奴婢《ぬひ》に落とされる。環王は、雨菲の意見に左右されがちだと聞いている。彼女は、あなたと公主に好意的だろうか？」

芙蓉はぐっと黙り込んだ。

東睿からも話は聞いていたが、彼女と雨菲との関係性が良好なはずもない。ようやく、このままでは自身と公主の今後が暗澹《あんたん》たるものであると思い至ったようだった。

「陛下を救い出すために、浙鎮《せっちん》の軍を動かしたい。だが、それは私にはできないことだ」

「当然よ！　お前の命令なんて、誰も聞くわけないでしょう！　陛下の軍なのよ！　今は蘇高易《そこうえき》も失脚して、わたくしのお父様が……っ」

居丈高《いたけだか》にそこまで言って、芙蓉は何かに気づいたように口を噤《つぐ》んだ。

雪媛は頷《うなず》く。

「そう、あなたの父である独護堅《どくごけん》が決定権を握っている。彼を説得してほしい。そのため

に、ここへ来た」

「…………」

「芙蓉。あなたはこのまま、陛下が亡き者にされてもいいの？」

「うるさい……」

「芙蓉！」

「うるさい、うるさい……！」

芙蓉はきっと雪媛を睨みつけた。

「じゃあ、ここで死んで！」

悲鳴のような、甲走《かんばし》った声だった。

「わたくしの目の前で死ぬのよ！　そうしたら考えてあげるわ！　さぁ、死んで、あの子に懺悔《ざんげ》なさい！」

「――懺悔なら、いくらでもする。だが、公主はまだ生きている。あの子を守れるのは、あなただけだ」

芙蓉は突然、東睿を思いきり突き飛ばした。不意を衝《つ》かれたのだろう、東睿は思わずよろめいて手を放す。

その隙《すき》に芙蓉は卓上の茶器を無造作に摑むと、雪媛に向かって勢いよく投げつけた。そ

れはがつりと雪媛の額《ひたい》に命中し、床の上で砕け散る。

「雪媛様……！」

額から血を流す雪媛の姿に、鷗頌は真っ青になっていた。

つう、と血が額から頰を伝っていくのを感じる。

雪媛は息をつき、再び芙蓉を押さえ込もうとする東睿に、もういい、と目配せした。鷗頌が慌《あわ》てて手巾《しゅきん》で血を拭《ぬぐ》う。

「少し切れただけだ、問題ない」

鷗頌の手を押しやって、芙蓉に向き直る。

「よく考えてほしい。芙蓉、あなたにしかできないことだ。公主を守れるのはあなたしか――」

「出ていって！」

芙蓉が叫んだ。

「早く出ていって！　出ていけ……！」

彼女の目に、涙がせり上がってくる。

「芙蓉……」

ひくひくとしゃくり上げるように震える芙蓉に、雪媛はこれ以上の話し合いは彼女を興

奮させるだけだと見切りをつける。

「……騒がせた。もう行こう」

心得たように、鷗頌が扉を開く。

去り際《ぎわ》、肩越しに芙蓉を振り返ると、彼女はこちらに背を向けていた。

頑《かたく》なに自分を拒《こば》むその背中は、ひどく小さく見えた。

芙蓉の部屋を後にした三人は、しばらくの間誰も口を利《き》かなかった。雪媛に対する芙蓉の底知れぬ憎しみの深淵《しんえん》に、引きずり込まれたように、足取りは重い。

月明かりが回廊の柱から影を伸ばして、黒々とした幾何《きか》学《がく》的な線を描き出している。その上を滑るように歩きながら、雪媛は芙蓉との間にある埋めがたい溝《みぞ》を思った。

「賢妃の説得は、僕からもう一度試みてみます」

ぽつりと、東睿が言った。

「それが無理でも、独護堅には皇后として話をするつもりです。主戦派の洪《こう》将軍にも口添えを頼んでみようと思います」

「ありがとう、東睿」

立ち止まり、月を見上げる。足下には三人分の影が伸びていた。

「……ひとつ、訊《き》いても？」

「なんでしょう」

「何故、ここまで協力してくれる？　たまたま公主の身代わりになっただけで、本来なんの関わりもないことだったのに」

するとと東睿は、不思議そうに首を傾《かし》げた。

「目の前に困っている人がいて、自分にそれを助ける力があるのなら、そうするものではありませんか？」

「この国の生まれではないのに？」

「違う国の人間が困っていたら、助けないのですか？」

その言いように、雪媛は思わず苦笑した。

「……そうだな。残念なことに、そういう人間も多いのだ……」

心からありがたいと感じながら、雪媛は彼に向き直る。

「感謝する。心から」

「ひとつ、僕からもお尋《たず》ねしてもいいでしょうか」

「なんだ？」

「僕、そのうち皇后として死ぬことになると思うんです。その後、国へ帰ってもいいと飛《ひ》蓮《れん》さんには言われました」

「もちろん、望むなら帰れるように取り計らう」

「いいえ、帰る場所はないのです。ですので、このままこの国に残ってもよいでしょうか」

「瑞燕国《ずいえんこく》に？」

「はい。男のなりをしてしばらくの間身を潜《ひそ》め、元皇后だと発覚することのないようにするつもりです」

「本当に故郷に帰らなくていいのか？　何か、残りたい理由でも？」

「理由、と言いますか……」

東睿は少しだけ、言い淀《よど》む。

「その……」

すると話を聞いていた鷗頌が、得心《とくしん》したように「ああ」と声を上げた。

「雪媛様、この子、柏林《はくりん》と離れるのが寂《さび》しいのだと思います」

「柏林と？」

「東睿と柏林、今では兄弟のように仲が良くて。東睿を死んだことにするという話が出て以来、柏林もなんだか寂しそうでした。ねぇ東睿、そうなんじゃない？」

「………………」

これまで常に落ち着き払って淡々とした佇《たたず》まいを保っていた東睿が、わずかに頬を染め

た。そして、年相応の少年のようにこくりと頷いた。

「柏林は、どう思っているかわからないけど……僕にとっては、初めてできた友だちです。僕のために女装してまでここに来てくれて、苦労をかけています。だから僕が自由の身になったら、今度は僕が柏林に何かしてあげたいと思うんです」

雪媛は微笑した。

「そうか」

「でももし、僕がこの国に残ることが不安でしたら……」

「東睿。私は恩知らずな人間ではないぞ。その願いは、必ず叶《かな》えよう。それだけのことをしてくれたんだ」

東睿はほっとしたように、瞳を輝かせる。

「すみません、我《わ》が儘《まま》を言いました」

「どこがだ。もっと我が儘に法外な報酬をねだってもいいくらいだ。……そうだな、都に金孟《きんもう》という商人がいる。手広く商《あきな》いをしている男だ。ひとまずそこに預けよう。そのまましばらく、ほとぼりが冷めるのを待てばいい」

「では、それを実現させるためにも、雪媛様には生き残っていただく必要があります。ですので、僕はそのために全力を尽くさせていただきます。――どうでしょう、これなら僕

が協力することに理由があり、納得いくものになるのでは？」

雪媛は目をぱちぱちとさせ、鷗頌に囁く。

「……どこまでが本気だったんだ？」

「こういう子なんですよ」

呆《あき》れたように、鷗頌が肩を竦《すく》める。

「なるほど」

（これなら、任せられそうだ）

「実はもうひとつ頼みがあるのだ、東睿」

「なんでしょうか」

「『牢破りの男』の話を、知っているか？」

「はい、瑞燕国へ来てから知りましたが。国は外より内から壊すほうが脆《もろ》い、というお話ですよね」

「そうだ。内に、入ってほしいのだ」

「内に？」

「そう。都の、内に」

公開処刑はいつの時代も、人々にとって大きな娯楽である。

この日も都の市《いち》では、多くの群衆が壮年の男が首を刎《は》ねられる様子を見守っていた。彼の罪状は反逆罪である。

彼は尹《いん》族だった。誰もが、そう聞いただけでその刑の執行に納得した。

斬首となり晒《さら》される首は、日ごとに増え続けていた。女や子どもも含まれるその数はすでに二十を超えていたが、すべてが尹族である。この連日の処刑が始まった頃、初めに晒された首は、すでに腐り蛆《うじ》が涌《わ》いていた。

柳雪媛が野蛮な北方民族を引き連れて都に攻めてくるらしい、と聞いた都の民《たみ》は、不安な日々を送っている。都に暮らす尹族がこれに呼応して蜂起《ほうき》するのではないかという噂が流れ、やがてあちこちで尹族が捕縛された。そして毎日一人ずつ、処刑が執行されていく。

いずれも、環王の命《めい》によるものだ。

環王は、これが必要な措置であると信じて疑わない。

雪媛への脅《おど》しはもちろんのこと、目に見える敵を処刑することで民の不安を解消し、都の平安を保つことが肝要《かんよう》なのだ。

結果、雪媛軍の侵攻を阻《はば》むことに成功し、騒然としていた都は徐々に落ち着きを取り戻

し始めている。上がり始めていた物の値が、ここ数日で適正な価格まで下がってきた、と報告を受けた環王は自信を深めた。

もともと彼にしてみれば、自《みずか》らが皇帝になろうなどとは思ってもみないことであった。彼には野心の欠片《かけら》もなかったし、兄のことを本心から慕《した》っていた。兄が皇帝になればこれを支えていくのが自分の役割だと、真実信じていたのだ。

彼を動かしたのは、雨菲が兄によって奪われるという衝撃的な出来事があったからだ。だがその時でさえ、すぐに兄になり替わろうなどとは考えもしなかった。

やがて、碧成に失望した臣下たちが彼のもとに集まり始めたことで、情勢は変わった。力がなくては大事なものを守れないのだという事実を彼が受け入れ、愛する者を救い出す決意をした時、玉座《ぎょくざ》につくことが必然的に不可欠となっていた。

不思議なもので、力を手に入れるための手段として皇帝という座を奪っただけのはずが、今では生まれた時からの運命だったのだとすら思えてくる。

碧成は皇帝になるにはふさわしくなかったのだ。兄とは違い、やがて自分は父を超える名君となるだろうと、環王は確信を抱いている。

そんな上機嫌の彼はその日、愛する寵姫《ちょうき》の居殿《きょでん》へといそいそと足を運んだ。

雨菲の演奏する琵琶《びわ》の音色に耳を傾けながら、自分は幸せ者だ、と改めて感じ入る。美

しく賢い雨菲はきっと素晴らしい皇后となり、後世まで長く語り継がれることだろう。

侍従《じじゅう》がやってきて来訪者を告げたのは、ちょうど雨菲が最後の一音を鳴らし終わった時であった。

その報告に驚いた環王は思わず、手にしていた酒杯を口につけず卓に戻す。

「──もう一度申せ。浙鎮《せっちん》から、誰が来たと？」

聞き間違いか、と思った。

「燦国《さんこく》の衛国《えいこく》公主でございます。陛下にお目通りを願っております」

侍従は緊張した面持《おもも》ちで、同じ内容を繰り返した。

「……兵は？　どれほどの数だ？」

「連れて参ったのはほんの数名、護衛程度です」

「たった一人で乗り込んできたというのか？　それは真に衛国公主なのか？　……何かの罠《わな》かもしれぬ」

すると雨菲が琵琶を置き、環王の隣に腰を下ろした。

「陛下、お会いになってみてはいかがでしょう。公主のお顔は私が存じております故、本物かどうかはすぐに判じられますわ。……女人《にょにん》一人に臆するような態度は、お見せにならぬほうがよろしいかと」

小さく囁かれた最後の言葉に、環王は頷く。

(兄上を解放しろと、談判に来たのだろうか?)

衛国公主は碧成の皇后として輿入《こしい》れしてきた女性だ。碧成が都にいる今、浙鎮において最も位《くらい》の高い人物といえる。

その彼女がわざわざ身一つでやってきたということは、浙鎮側の代表者という立場であろう。

いずれにしろ、今の時点で燦国と争いたくはない。慎重に対応する必要がある。

環王と雨菲は着替えを済ませると、揃《そろ》って大慶殿《だいけいでん》へと向かった。

彼らの前に現れた衛国公主は、怯《ひる》む様子もなく堂々とした佇まいであった。風貌は小柄で大層可憐《かれん》な少女だが、さすがは一国の公主だけはあると環王は感心する。

雨菲が隣で、小さく頷いてみせた。

それが合図である。どうやら、本物の公主らしい。

「お初にお目にかかります、陛下。燦国が公主、衛国にございます」

陛下、と自分を呼んだことに気がつく。

(談判ではなく、恭順《きようじゆん》に来たのか)

わずかに力を抜く。

「よくぞ参られた。燦国から我が国に嫁《とつ》がれたというのに、この都をご覧になるのは初めてでは？　どうぞごゆるりとなされるがよい」

「ありがとうございます、陛下。――お久しぶりでございます、雨菲様」

彼女の挨拶《あいさつ》に対し、雨菲は鷹揚《おうよう》に微笑んだ。

「ええ、お元気そうでなによりですわ。こんな場所でお会いするとは、不思議な心持ちがいたします。今頃は浙鎮の後宮で、さぞ幅を利かせていらっしゃると思っておりました」

雨菲の皮肉交じりの言葉を気にする様子もなく、公主は淡々と申し述べる。

「わたくしはこの国の皇后となるべく嫁《か》してまいりました。ですが、かのお方との間に情が通う仲ではなかったことは、雨菲様もよくご存じの向きかと思われます」

「それで？」

「わたくしは、前《さき》の陛下の皇后として、この身をお預けいたしたく存じます」

同席している臣下たちが、互いに視線を交わしている。

碧成と、そしてその正妻である燦国の公主が、環王の手の内に入る。

それはすなわち、もはや完全に環王が勝利したことを意味していた。

「浙鎮に残っている者たちの中には、都へ攻め入るべしと説く者もおります。ですが、すでに玉座におわすのは陛下でございます。この流れを戻すことなどできませんでしょう。

この国の平和と安寧《あんねい》のため、わたくしは自らが手本となり、皆へ帰服するよう促《うなが》すために参りました」

公主は優雅に、そして淑《しと》やかに頭《こうべ》を垂れた。

空を覆《おお》うのは、薄墨を滲《にじ》ませたような灰色に翳《かげ》る雲。対《つい》をなす大地の上を駆ける風は、その旗は唐智鴻《とうちこう》が雪媛を訪れたあの日以来、同じ場所から動いていない。

『雪《せつ》』の文字を虚《むな》しく揺らしている。

雪媛軍は身動きのとれぬ状態が続いていた。

一時雪媛は軍営から突如《とつじょ》として姿を消し、兵の間には動揺も広がっていた。雪媛は降伏するつもりなのではないか、と危ぶむ声が上がり、雪媛も青嘉《せいか》もいないのであれば国へ帰ると主張するクルム兵、さらには自分たちだけで碧成を救いに都へ進もうと言いだす北部兵なども出てきて、残っていた潼雲《どううん》と瑯《ろう》がこれらを思いとどまらせるのに苦労していた。

やがて秘密裏に浙鎮へと入っていた雪媛が戻り、騒ぎはひとまず落ち着いたものの、それきり進軍の命令も撤退の命令も出されることはなく、宙ぶらりんな状態に置かれたままの兵士たちの士気は上がるはずもなかった。

さらに雪媛は、浙鎮から戻って以来ほとんどの時間を天幕に籠《こも》るようになり、人前に出ることが極端に減っていた。

軍営地にはじりじりとした空気が流れ、実は雪媛はすでにここにはおらず、同族たちを救うために環王に下ったのでは、という噂も流れ始めている。

「たまには表に出て、姿をお見せください。この状況に、皆倦《う》んでいるのです。士気に関わります」

地図を広げた机の前で気だるげに頬杖《ほおづえ》をついている雪媛に、青嘉が声をかけた。

「あなたがもうここにいないのでは、と疑う者もいるとか」

「連絡は、まだないか」

浙鎮から戻って、すでに七日が過ぎていた。

浙鎮軍が動いたという報は、いまだ入ってきていない。

「ありません」

「七日……七人か」

雪媛はぎゅっと目を瞑《つぶ》った。彼女が何を考えているかはわかる。

その間に七人、誰かが死んでいるはずだった。

それはもちろんひどく痛ましいことであり、青嘉も食い止める術《すべ》のないことに歯がゆい

思いが募《つの》る。

しかし青嘉が最も恐れているのは、都の尹族すべてが殺されてしまうことではなかった。

彼が恐れているのは、雪媛が自分の身を環王に預けると言いだすのではないか、ということだ。

彼女にとって同胞たちの命を救うということは、すなわちあの未来を繰り返さないということ、玉瑛《ぎょくえい》という少女の不幸を防ぐことと同義なのだろう。虐殺を止める方法として、自分を犠牲にするという判断を下しかねないところが、柳雪媛という人にはある。

雪媛は自分というものを大事にしない。それは柳雪媛というその身が、本当の自分ではないと感じているからかもしれない。これまで男たちにその身を投げ出してきたのも、そこに起因《きいん》している気がした。

「明日までに動きがなければ、このまま進軍する。賢帝《けんてい》の国忌日《こくきび》までに、都へ辿《たど》り着きたい」

「国忌日……ですか？」

賢帝とは瑞燕国の初代皇帝、つまり『牢破りの男』の諡号《しごう》である。その命日は国忌日と定められており、皇帝は政務を休み追善供養《くよう》の法要を行い、歌舞音曲《かぶおんぎょく》を慎《つつし》む。

己の正統性を示すために、環王がこの日に盛大な法要を営むことは予想されるが、雪媛

はその隙を突こうというつもりなのだろうか。

雪媛は億劫《おっくう》そうに立ち上がった。

「少し、歩く」

彼女が天幕から顔を出すと、控えていた燗流《かんる》がすかさずついていこうとする。しかし、青嘉はそれを押しとどめた。

「俺が行く。燗流殿は今のうちに休んでくれ」

すると燗流は何かを悟ったように「あ」と小さく声を上げ、一歩下がった。

「すみません、気が利かず。どうぞごゆっくり」

クルムから付き従い、常に雪媛の傍に身を置く燗流は、当然ながら雪媛と青嘉の関係を知っている。それで妙な気を回したらしい。

瑞燕国に戻って以来、雪媛と青嘉はかつての主従に戻ったように過ごしている。二人きりになることはほとんどなく、夜をともに過ごすこともない。それは互いに取り決めたわけではなく、自然とそういう形に落ち着いている。

今何が重要か、二人ともわかっているからだ。

「燗流殿。そんな気遣《きづか》いは無用――」

「早く来ないと一人で行くぞ」

雪媛にせっつかれ、青嘉はそれ以上は言わずに彼女に駆け寄った。燗流が掌《てのひら》をひらひらさせているのが、視界の端に映った。

軍営の中を歩き始めると、兵士たちの視線が雪媛に集中するのがわかった。

事実上の彼らの総大将であり、神女と呼ばれる皇帝の寵姫、男所帯に唯一の女性。さらにクルム兵からすればシディヴァが借りを作った相手であり、尚且《なおか》つ競馬では彼女に勝利した人物。姿を見せれば注目を浴びるのは必定《ひつじょう》だ。

薄暗い空の下で、雪媛の周囲だけは輝きを放っているように感じる。青嘉の目には不思議といつもそう映っていたが、今彼女を見つめる誰もが、同じようにその姿を捉《とら》えているのかもしれなかった。

長い黒髪が風になびくと、それは美しい絹糸のごとく流れるように広がり、青嘉の視界を優雅に彩った。

今、手を伸ばして彼女に触れることができたなら。

ふとそんな気持ちが頭をもたげた。

クルムでともにいる時間が長かったせいで、欲張りになっている自覚はあった。頭を振って、邪念を追い払おうとする。

（自分がこんな人間だったとは、知らなかった）

かつて生きた王《おう》青嘉としての人生において、これほど抗《あらが》い難《がた》い感情には覚えがなかった。

彼女のいない世界を、考えることができない。

柳雪媛こそが、青嘉にとっての世界だった。

雪媛はまだ少しぼんやりとした様子で、気もそぞろであることがその足取りから伝わってくる。きっと思考はまだ、命を落とした者たちと、明日は自分の番かもしれないと怯《おび》えているであろう人々のもとへと飛んでいる。

空の彼方《かなた》から、くぐもるような音が耳に届いた。

雪媛は足を止め、空を見上げる。

「……雨になりそうだな」

遠雷《えんらい》に耳を澄ます。

雷雨になるな、と青嘉は考えながら、ふと思い出す。

(そういえば、この年……皇宮に雷が落ちた)

後宮にほど近い楼閣《ろうかく》がひとつ、雷の直撃を受けて燃え上がり崩れ落ちた。死傷者も出て大変な騒ぎになったが、何より皇帝の住まう皇宮に雷が落ちたということが問題だった。

失政に対する天からの怒りではないかと噂が広がり、碧成は慌てて善行を積もうと恩赦《おんしゃ》を出したりしたものだ。

（あれは確か、秋の頃で、紅葉《もみじ》が鮮やかだった……）

周囲に生《お》い茂る木々に、視線を向ける。それらはいつの間にか赤や黄に染まり、地面に葉を落とし始めていた。

雪媛を顧《かえり》みた。

不穏な空を見つめているそのほっそりとした背中が、彼女の企《たくら》みを雄弁《ゆうべん》に物語っている。落雷は皇宮内で起きた局地的な出来事ではあったが、そういう事情があっただけに碧成の治世において政策にも影響を与えている。恐らく、史書にも記されただろう。それを雪媛が――未来の玉瑛が、知りえていたとしたら。

青嘉の中で、遠い記憶が蘇《よみがえ》ってくる。

（そうだ、あの落雷騒ぎは、国忌の法要の最中のことだった――）

当時青嘉は都にはおらず、国境付近の駐屯地《ちゆうとんち》に身を置いていた。

賢帝の国忌日には皇宮だけでなく国中で法要が営まれ、当日は青嘉もまた近くの寺院での法要に参列していた。確か、その地域では雨がいくらか降った程度だったはずだ。皇宮への落雷の話が伝わってきたのは数日後のことで、皆一様に「国忌日にそのようなことが起きたとは、始祖様が今の陛下の政《まつりごと》を改めよと申されているのではないか」と囁き合っているのを耳にした。

当時の青嘉は、そんなものはただの偶然であろうと冷静に捉えていた。むしろ、よりによってそんな日に雷が落ちるとは陛下はツキに見放されている、といくらか憐《あわ》れんだのを覚えている。

この世界はすでに、かつての歴史通りには動いていない。しかし天地の動きに人智は及ばず、その影響を受けることなくあるがままに流れている。

火山の噴火や彗星《すいせい》を予見し利用した雪媛ならば、都の中心で起きたこの事件を見過ごさないだろう。

（だから、国忌日までに、と言ったのか）

今度は、あの落雷を利用するつもりなのだ。

（確かに、確実に都は混乱し、隙が生じる）

国忌日まで、あと六日である。

「——雪媛様！」

潼雲の呼ぶ声に、雪媛は足を止めた。

「ただいま、斥候《せっこう》より報告が」

勢いよく駆けてきた潼雲は、ひどく昂《たかぶ》った様子だった。弾《はず》んだ息を整えながら、噛みしめるように告げる。

「浙鎮軍が動きました。全軍を挙げて、都へ向かって進軍を開始したとのこと！」

雪媛は再び、天を見上げた。

# 六章

時折、鼠《ねずみ》がかさこそと蠢《うごめ》く気配がする。

その小さな足音が、尚宇《しょうう》には驚くほどはっきりと聞き取れた。

それほどに、暗い地下牢は静寂《せいじゃく》に包まれている。尚宇は動かない身体をじめじめとした床に横たえ、たった一人、力なく天井を見上げていた。

連日の責め苦に、すでに悲鳴を上げる気力もない。喉《のど》がからからに渇《かわ》き、声を出すこともできずにいる。

――私が、守るから。

――私が絶対に、守る。

かつて雪媛《せつえん》が放ったその言葉は、まだ彼の耳にはっきりと残っていた。

尚宇たちを守ると言ってすべてを抱《かか》え込んだ彼女に、影のように寄り添い生きてきた。

そうして支えることだけが、彼の残された道だったからだ。

（でも、違うんです。雪媛様）

瞼《まぶた》を閉じる。

雪媛の声、雪媛の吐息《といき》、雪媛の香りを、記憶から手繰《たぐ》り寄せるように。

（守ってほしかったわけじゃない）

最後に雪媛に触れた時、もうこれで終わりにしようと思った。これ以上、彼女を苦しめたくはない。雪媛を解き放ち、その罪を背負い自《みずか》らも命を絶とうと心に決めた。

ところが彼女に刃《やいば》を向けた途端、その決意はまるで恐ろしく甘美《かんび》な夢のごとく、彼の身体のすみずみまでを幸福感で満たしたのだった。

この、決して手に入らないはずの気高《けだか》く美しい女性が、最期《さいご》の時を自分とともに過ごして終える。卑《いや》しいこの手で、彼女に安らぎを与える栄誉に浴《よく》する。そして、その亡骸《なきがら》の横で、自らも同じ刃によって息を引き取るのだ。

これほどの幸せがあるだろうか、と。

自分がこれまで生き延びたのは、このためだったのだ。祖国のため、猛虎《もうこ》のため、同胞たちのため――そう思い定めて生きてきたはずなのに、結局その中心にあるのは雪媛の存在で、彼女のために生きてきた。そして、彼女のために死ぬのだ。

そんな彼の感傷的な陶酔をあっけなく打ち砕いて、雪媛を奪い去っていった男がいた。

王青嘉《おうせいか》。

その後ろ姿が、今も目に焼きついている。

心は千々に乱れながら、尚宇は二人を追うことができなかった。

どこかで安堵《あんど》していたのかもしれない。それと同時に、息苦しいほどにひりつくような羨望《せんぼう》が波のごとく押し寄せ、尚宇を覆《おお》い尽くした。

あの日以来、雪媛には会っていない。

尚宇はうっすらと、重い瞼を開いた。

足音が近づいてくる。

それはやがて、尚宇のいる牢の前でぴたりと止まった。ガチャン、と鍵が開く。錆《さ》びついた扉が、陰鬱《いんうつ》で甲高《かんだか》い音を響かせた。

「――出ろ」

踏み込んできた兵士は二人。

尚宇は痛みを堪《こら》えながら、ぎこちなく身体を起こした。だがそこまでだった。足に力が入らず、立ち上がることができない。

緩慢《かんまん》な尚宇の動きに苛立《いらだ》って、兵士が乱暴に腕を摑んだ。両脇から抱え上げられるように、覚束《おぼつか》ない足取りで外へずるずると引きずられていく。

尚宇は心を無にした。また、拷問《ごうもん》が始まるのだ。

雪媛が瑞燕国《ずいえんこく》に戻ったという。

環王《かんおう》は彼女を手に入れようと必死なのだ。

捕らえられた際、彼はまず環王の前に引きずり出された。環王は、尚宇を助けてやりたいのだ、と語った。

「そなたは私によく仕《つか》えてくれた。こんな形で失いたくない。だから尚宇、雪媛様に文《ふみ》を書いてほしい。『都の尹族はすべて、新たな皇帝に忠誠を誓った。すぐに武器を置き、真の天子に従うべきだ』――と。側近であったそなたの言葉なら、雪媛様も受け入れるだろう」

尚宇は、彼の提案をはねつけた。

環王は心底、残念そうな表情を浮かべていた。助けてやりたいというのは、存外彼の本心であったのだろう。

すると今度は、市《いち》へと連れていかれた。そこで目にしたのは、尹族の女が処刑される光景だった。

青ざめる尚宇の耳元で、唐智鴻《とうちこう》が囁《ささや》いた。

「陛下の命《めい》により、毎日一人ずつ尹族は処刑される。いずれは、お前も首を落とされるだ

ろう。――だが、助かる方法はある。私はこれから柳《りゅう》雪媛のもとへ行く。お前はこれに同行し、涙ながらに彼女に訴えるのだ。尹族を救えるのはあなたしかいない、どうか助けてくれ、死にたくない――と。柳雪媛が降伏し、陛下におとなしく従えば皆が助かるのだ。どうするのが最善か、賢いお前ならわかるな？　……明日あそこにいるのは、幼い子どもかもしれぬぞ」

泣き叫んでいた女が物言わぬ姿になるのを見届けて、尚宇は智鴻の顔に唾《つば》を吐きかけた。

投獄されると、今度は雪媛の罪に関する追及が始まった。

安皇后《あんこうごう》に毒を盛ったのは本当は雪媛ではないか、というのだ。否定する尚宇には、自白を強要するためにあらゆる責め苦が科せられた。

何故今更、こんな言いがかりのような尋問《じんもん》が行われるのか。どうやらその裏には、雨菲《うひ》の存在があるようだった。雪媛が環王の傍《そば》に侍《はべ》ることを快《こころよ》く思っていないあの娘は、なんとかして雪媛を陥《おとしい》れる手を考えているのだ。そのために、過去の陰謀をほじくり返そうとしているのだろう。

だが、どれほどの苦痛を与えられても、尚宇は頑として何も話さなかった。

どうして戻ってきてしまったのだ、と思う。逃げてほしい。都へ来てはならない、と心の中で幾度も叫んだ。

尹族の運命は、国が滅んだ時にとっくに定まっていたのだ。足掻《あが》こうとすれば、絡《から》まった刺《とげ》が肌を突き破り血を流すばかりだった。雪媛がすべてを抱え込み苦しむ様は、もう見たくない。

（もう見捨ててください。己で己を立ち行かせることができぬのなら、それが私たちの行き着く定めなのですから――）

地面を見つめながらふらふらと歩を進めていた尚宇は、ふと違和感を覚え、項垂《うなだ》れていた顔を上げた。

道が違う。

兵士たちは、拷問を行うためのいつもの房舎とは別の場所へ向かおうとしているようだった。

やがて尚宇は、ああ、と察した。

（今日は――俺の番なのか）

雪媛を追い詰めるために、毎日殺されていく同胞たち。

その順番が、ついに回ってきたらしい。

不思議と気分は凪《な》いでいて、恐怖はなかった。

少なくとも今日、自分以外の誰かが死を免《まぬか》れるのだ。そう思えば、救いにすら感じた。

後ろ手に縛り上げられ、牛車《ぎっしゃ》の荷台に乗せられると、皇宮《こうぐう》の門のひとつを潜《くぐ》り外へと出ていく。

尚宇はじっと、身じろぎもしなかった。目を瞑《つぶ》り、ただ静かにその時を待つ。明らかに罪人である尚宇の姿を見た都の人々は、遠巻きにその様子を眺めながらひそひそと何事か囁き合っていた。中には石を投げる者もいて、「異民族め！」「この国から出ていけ！」と罵《ののし》られる。それでも尚宇は、ただ耐えた。

香の匂《にお》いが鼻を掠《かす》める。

通り過ぎていく寺院から流れてきたのだろう。低く響く読経《どきょう》が、這《は》うように漏《も》れ伝わってきた。まるで、死出の旅路《たびじ》につく自分のために唱えてくれているように感じ、尚宇は唇を歪《ゆが》めた。特別信心深いわけではなかったが、こうなってみると思いのほか心が慰《なぐさ》められるものであった。

しかしふと、それが自分のためなどではないことを思い出した。

（ああ、今日は国忌日《こくきび》か）

賢帝《けんてい》の命日だ。国中の寺院や役所で、祈りが捧《ささ》げられているはずだった。

国忌日に処刑など行うだろうか、と尚宇は疑問を抱く。殺生《せっしょう》は慎《つつし》むべきものであるはずだ。それとも、そんな決め事すら無視するほどに、雪媛を徹底的に追い詰めたいのだろう

か。

何かがおかしいと思い、目を開く。

いつの間にか牛車は市を通り過ぎ、朱雀大路《すざくおおじ》をまっすぐに南へと向かっていた。

（なんだ……？）

尚宇が降ろされたのは、都を囲む高い城壁の下であった。

歩廊へと上がる階段を登るよう命じられ、その高い壁を仰ぎ見る。彼の足はもはや思うようには動かず、ここでも兵士たちに引きずられるように、一段一段進んでいった。

空は暗く、どんよりと重苦しい雲が垂れ込めている。遠く、雷の音が轟《とどろ》いた気がした。

息を切らし、よろめきながらなんとか階段を登りきる。途端に、ひゅうと湿った風が身体を嬲《なぶ》った。

歩廊からは、都の外を一望することができる。閉め切られた暗い牢獄から這い出してきた者にとって、途方もない開放感を得られる場所といえた。

ここで死ぬのなら、そう悪くない。

そう思った時、肌に、ざわりと張り詰めた空気が触れた。

（――？）

常にない緊張感を孕《はら》んだその気配に、俯《うつむ》き足下ばかりを見つめていた尚宇は、のろのろ

と顔を上げた。
そして、眼下に広がる光景を目にした瞬間、言葉を失った。
整然と居並ぶ兵士たちの隊列が、大地を覆《おお》い尽くすようにどこまでも続いている。
すでに都は包囲されていたのだ、と悟る。中でも、異様な風体《ふうてい》の騎馬兵たちが目につい
た。もしや噂に聞くクルム兵か、と思わず目を凝《こ》らした。
その最前列。闇から浮かび上がるように、真白い旗が風を受けて揺れていた。
すべての者を鼓舞《こぶ》するように、それは威風堂々とはためいている。
旗に縫い取られた文字を目にした瞬間、身体が雷に貫《つらぬ》かれたように、尚宇は動けなくな
った。
――雪《せつ》
その人物の姿は、あまりに遠い。
ほんの小さな、米粒くらいでしかない。
それでも、それが誰なのか彼にはすぐにわかった。幼い頃から、ずっと見つめてきたの
だ。
自分たちを、守ると誓った彼女。
けれど。

尚宇は唇を震わせ、滲《にじ》んだ視界の向こうにある雪媛の朧《おぼろ》げな姿を見つめた。

(俺は、あなたを、守りたかったんです……)

全軍を布陣させた雪媛は、都の四方を取り囲む城壁を前にしている。

戻ってきたのだ、と思った。

陰鬱な高い壁の向こうには、彼女が柳雪媛となってから過ごした日々のほとんどすべてが詰まっている。その先に広がる広大な皇宮、さらにその最奥《さいおう》の後宮《こうきゅう》――かつては、ここそが己《おのれ》の戦場であると思っていたけれど、こうしてこの場に立ってみるとまるで夢物語の中にいたような気すらする。

城壁を背に布陣した環王軍と相対《あいたい》しながら、雪媛は空を仰いだ。

雷鳴は、低く唸《うな》るように続いている。

雨は降っていない。それでも湿った風が頬を撫で、頭上にはどす黒い雲がとぐろを巻いている。やがて、雨粒が地上めがけて落ちてくるだろう。

雲の向こうから、墨汁をぽつりと垂らしたような小さな点が滲むように現れた。それは一羽の烏《からす》で、地上を這う人間たちの頭上をいとも軽々と飛び越していく。

小舜《しょうしゅん》はひらりと舞い降りると、当たり前のように瑯《ろう》の肩に羽を休めた。瑯はその足に括《くく》りつけられた紙片を取り外し、雪媛へと手渡す。

東睿《とうえい》からの文《ふみ》である。昨日のうちに、連絡用に小舜を遣《つか》わしていたのだ。

目を通しながら、今ここにはいない彼に心の中で感謝の言葉を述べた。

捕らわれた尹族と碧成《へきせい》の幽閉場所を探りたい、万が一の時には彼らを守ってほしいと頼み皇宮へと入り込んでもらったものの、敵地のど真ん中に身を置くことには危険が伴う。それでも東睿たちは、首尾よくやり遂《と》げてくれたらしい。端的に書かれた報告内容は、雪媛の期待に十分に応《こた》えるものであった。

無言で、青嘉に紙片を見せる。

「城門を突破したら、私は皇宮へ向かう。その間に尹族を解放できるよう、獄舎《ごくしゃ》に兵を回してほしい」

「承知しました」

青嘉は碧成についての記述を目で追いながら、少し眉を寄せた。

「……確かに、ここなら陛下を閉じ込めておくのに最適ですね」

「！　雪媛様、あれを――」

潼雲が城壁の上を指さす。

兵士たちの合間から、悠然と現れたのは唐智鴻だ。

彼は眼下に展開する雪媛軍を睥睨《へいげい》し、「聞け！」と声を上げた。

「陛下のおわす都へ軍勢をもって攻め入るは謀反《むほん》である！　謀反人はその親兄弟一族すべてを、同罪と厳しく処断されることになる。がしかし、心優しく公平な陛下は、温情を示されるとの仰せである！　今すぐに首謀者が投降し兵を引けば、その他のものは咎《とが》めを受けぬと約束しよう！」

「――謀反人は、お前たちだろう」

よく通る雪媛の声が、あたり一面に響き渡った。

「我らは、囚《とら》われた皇帝陛下をお救いするためにやってきた」

そんな雪媛の言葉など耳に入らぬかのように、智鴻は背後に控えていた兵士に何事か合図を出す。

包みを手にした兵士たちが、ぞろぞろと進み出てくる。彼らはそれを見せつけるように、女牆《じょしょう》の上へと並べ始めた。

包みがはらりと解かれた。

中から現れたのはいずれも、人の首であった。

年老いた男、若い女、子ども……いくつもの首が、ずらりと見世物のように据えられ、

腐臭《ふしゅう》がするのか、周囲の兵士たちは皆顔をしかめている。

「これはすべてあなたと同じ、尹族の民の首です。あの時、すぐに私の言うことに従っていれば、こんな姿を晒すこともなかったでしょうに。――我が身可愛さに、あなたは彼らを見殺しにした」

しかつめらしい様子で、智鴻は雪媛を見下ろす。そして、その後ろに展開する兵士たちに向かって呼びかけた。

「お前たちも、いずれこうなる！　そこにいる女は、己の利のためならばお前たちを見捨てるであろう！　口車に乗せられ、謀反人となる道を選ぶのか⁉」

兵の間に、わずかに動揺が走った。ただしクルム兵たちは言葉がわからない者が大半で、あいつは武器も持たずに何をごちゃごちゃ言っているのだと失笑している者もいた。

郷が不愉快そうに、矢筒から矢を引き抜く。

「今すぐあいつの頭を射貫《いぬ》いちゃろうか？」

「柳雪媛、観念して降伏せよ！　これが最後の機会である！」

雪媛はじっと、並べられた首を見つめていた。

やがて郷に何事か耳打ちすると、馬を降り、門の前へと歩み出た。燗流《かんる》と青嘉が彼女を守るようにそれに続く。

その様子に、智鴻の勝ち誇ったような声が響いた。

「降伏するならば、総大将お一人で参られよ」

「降伏するつもりは、ない」

智鴻はわずかに眉をひそめた。

そして、大仰《おおぎょう》にため息をついてみせる。

「では、仕方がありません。今日も、新たに一人処刑しなくては――」

言い終わらぬうちに、ひゅっと一本の火矢が放たれた。

それは晒された首のひとつに命中し、燃え上がりながら智鴻の足下に転がり落ちる。

智鴻はぎょっとして飛び退《しさ》るが、火矢はそれ一本で終わらず、後を追うかのごとく続々と飛んでゆく。首は次々と燃え盛り、城壁の内へ外へと落下した。

やがてそのすべてが射落とされ、炎に包まれる。火矢を連射した瑯と弓兵たちに向けて、雪媛はもういい、というように軽く手を上げた。

人体の焼ける匂いが鼻についたのだろう、智鴻は不快そうに袖《そで》で鼻を覆い、早く片付けろと喚《わめ》いている。

雪媛は声を上げた。

「死して尚彼らに、これ以上の屈辱を味わわせることは許さぬ！　お前に少しでも人の心

があるならば、死者に対し最低限の礼を尽くせ、唐智鴻！」

智鴻は嘆《なげ》くように、わざとらしく両腕を開いた。

「同胞の首に矢を射かける！　なるほど、同じ尹族といっても、神女の身には下賤《げせん》の者たちなどどうでもよいと見えますな。――では、これならばいかがか」

一人の男が、智鴻のもとへと引きずり出された。

もとはきっちりと結われていたであろう長い髪が頬にかかり、力なく風に揺れていた。後ろ手に縄で縛られ、その衣にはあちこちに血が滲《にじ》んでいる。

傍《かたわ》らに立つ兵が、ぎらりと光る剣を彼の首に沿わせた。

雪媛ははっとした。

「尚宇……！」

尚宇に怯《おび》えている様子はなかった。そんな気力もないといったように項垂れている。

その様子から、彼が何をされたのかおおよその見当がついた。

尚宇の顔色は、ひどく悪い。

「李《り》尚宇。あなたの側近であった男です。今日はここで、この男を処刑いたしましょう」

ぐい、と剣がその首に食い込み、尚宇は眉を寄せわずかに顎を上げた。

「それがお嫌でしたら、お一人でこちらへ」

雪媛はぎろりと智鴻を睨みつけた。

降伏など、できるはずがない。もはや雪媛が投降したところで、尹族が解放される保証もなかった。

目を凝《こ》らし、尚宇の表情を探る。

（尚宇……）

本当は尹族を一人ずつ殺すと聞かされた時、一人都へ赴《おもむ》き、意に沿わずとも環王に下る考えが頭をかすめた。

あの恐ろしい未来を、再び目にしたくなかった。結局、自分にとっての根幹はそこなのだ。玉瑛《ぎょくえい》が救われる未来を創る。雪媛はただ、その自分勝手な想いで動いているにすぎない。

環王に下り、その傍で再び力を蓄え再起を目指せば——そう考えた時、見透かしたように傍らの青嘉は言った。

「あなたがこの国を統《す》べる者になれるかどうか、それが、この戦《いくさ》にはかかっているのです。——どうか、よくお考えください」

智鴻の言う通り、殺されていく同胞を見殺しにしたも同然だとわかっている。

だが、その事実を背負う覚悟はできていた。

そのつもりだった。

目の前で剣を突きつけられる尚宇の姿に、かすかに身体が震えだす。

守ると誓ったのだ。

必ず皆を守ると。

「雪媛様！」

ぐっと、青嘉の手が雪媛の肩を摑んだ。

何事だと振り返り、それでようやく、自分が無意識に城門へ向けて歩き出していたらしいことに気がついた。

「落ち着いてください」

青嘉の手を振り払い、縋《すが》るように壁の上を仰ぐ。

射ち落とした首がいくつか、地上でいまだに燻《くすぶ》っている。

彼らのことを、尚宇と引き比べて軽く見るつもりはなかった。それでも、どうしようもなく心が荒立つ。

柳雪媛という人間をこれまで支えてくれたのは、紛《まぎ》れもなく尚宇であった。彼の想いを利用しながら、どんな企《たくら》みも陰謀もともに手を汚させながら、雪媛はそうして同じ罪を背負う者がいることに、心のどこかで安堵してもいたのだった。

それはもう一人の自分であり、分かちがたい双子のような存在であったのだと、今ならわかる。

敏《さと》い尚宇が、自分が利用されていることに気づかぬはずがない。

それでも、仕えてくれた。

その分身が、消えようとしている。

「……死なせるわけには、いかない」

うわ言のように呟《つぶや》き歩き出そうとする雪媛の前に、青嘉が立ち塞《ふさ》がった。

「なりません」

「ここで見殺しにすれば、後悔する」

「雪媛様！」

「だって私は、皆を守るために……助けるために……そのために、全部……！」

青嘉の脇をすり抜けていこうとするが、強く腕を摑まれ、引き寄せられる。雪媛は反発し、身をよじった。

「放せ！」

「燗流殿、雪媛様を連れていってくれ。そのまま後方で待機を」

「はいっ」

燗流が伸ばした手を、雪媛はぱしりと跳ねのける。

「私は下がらない！　尚宇を……っ」

「――おやめください、雪媛様！」

その声は突如、頭上から降ってきた。

はっとして振り仰ぐ。

尚宇の声は、ひどく嗄《か》れていた。

恐らくそれは、彼が長い間拷問を受けたがためであった。一体どれだけ、その苦痛に泣き叫んだのだろう。

削《そ》げた頬が、涙で濡れている。

「私は結局、何のお役にも立てませんでしたが――せめて、あなたの道を阻《はば》む者には、なりたくない」

言うや否《いな》や、尚宇は思いもよらぬ行動に出た。

突きつけられていた切っ先めがけて、飛び込むように身を投げ出したのだ。

尚宇の首筋から血が噴き出し、その身体が崩れ落ちる。突然の出来事に、剣を手にしていた兵士も驚いて立ち尽くしていた。

雪媛は、声にならない悲鳴を上げた。

歩廊に力なく倒れ込んだ人影は、もはやここからでは確認できなかった。なにをやっている、と智鴻が兵士を詰《なじ》る声が聞こえる。

ざわざわと肌が粟立《あわだ》ち、急速に爪の先まで全身が冷えきっていく。すべてが麻痺《まひ》し、ただぼんやりと、その光景を目に映す。音も、色も、そこにはなかった。

まるで自分が、静謐《せいひつ》な箱の中に入り込んだようだった。

だがやがて反動のように、身体の奥底から沸々《ふつふつ》と血が滾《たぎ》ってくる。その感覚は急速に肥大し、止《とど》まるところを知らない。

目の前が真っ赤に滲んでいく。血のような赤だ。尚宇が流した血の色。

濁流に飲み込まれ、その流れに翻弄《ほんろう》される。

いつの間にか雪媛は、瞼を閉じていた。

水面《みなも》に顔を出した時のように、ふっとすべてが戻る。先ほどまでの感情の起伏《きふく》が嘘のように、平らかだった。

心にはもう、さざ波ひとつ立たない。

空気がひりついているのを感じた。腹の底に響く雷鳴が、大地を揺らしている。怯えて興奮した馬たちは落ち着きなく、あちこちで激しい嘶《いなな》きが聞こえる。

ゆっくりと、目を開いた。

白刃《はくじん》のような閃光が天を切り裂き、聳《そび》え立つ城壁を照らし出している。

雪媛は大きく息を吸い込んだ。

「まさに今、我が同胞の血が天に捧《ささ》げられた！　天は、私の願いをお聞き届けくださるだろう！」

雷鳴にも負けぬ朗々たるその声は兵士たちの間を駆け巡り、城壁の上にまで到達する。

すうっと、右の人差し指を天に向けた。

そしてゆっくりと、目に見えぬ皇宮へ向けて突きつける。

「神女の名において、皇帝の名を騙《かた》る者に天罰を下す――！」

その場にいた誰もが、敵も味方も、時が止まったように動かなかった。彼らは皆、魅入られたように雪媛の姿を目で追っていた。

突如として、閃光が瞼の裏まで世界を白く染め上げた。

一条の稲光が、都の中へと吸い込まれるように落下する。

空が割れたのではないか、とその場にいた誰もが思うほど、耳をつんざくような激しい落雷の音が都を包み込んだ。智鴻は耳を両手で塞ぎながら、強張《こわば》った表情を浮かべて背後を振り返る。

雷はその視線の向こう、皇宮の方角に落ちたのだ。

それは永遠にも思える時間だった。反響する轟音は、五感を通して人々に痛みすら与えるかのように感じられた。

「皇宮が……」

呆然《ぼうぜん》と呟いた智鴻は、蒼白な顔で立ち尽くしている。

黒い煙が、高く立ち上り始めていた。

それは偶然だった。

落雷の発生がいつなのか、史書には詳細な時刻まで記されていない。予測することなどできなかった。

だが、雪媛の言葉に従うように、稲妻は走った。

（天の意――）

空には、いまだ細い稲妻が線を刻んでいる。

その青白い光に照らされながら馬に跨《またが》ると、雪媛は旗手が掲《かか》げていた旗を自ら手に取った。

高々と掲げた旗の下、背後に居並ぶ兵士たちへ向け声を上げる。

「全軍、攻撃を開始せよ！」

水上に浮かぶ楼閣《ろうかく》は、わずかに霧《きり》に包まれ霞《かす》んでいる。

目を凝《こ》らしてみれば、すべての窓には戸板が釘打たれ、開閉できないどころか中を覗《のぞ》き込むことも、中から外を眺めることもできないと気づくだろう。

楼閣から伸びる細い朱塗りの橋が、唯一池を渡り対岸へと繋ぐ道であった。その袂《たもと》には見張りの兵士が二人、さらに池の周囲にも兵士の姿がいくつもある。

環王が都を掌握《しょうあく》して以来放置されていた後宮は、最近になってようやく雨菲という主を得た。彼女はさも当たり前のごとく、かつて皇后の住まいだった蘭陽殿《らんようでん》に陣取っている。

環王はほかに妃《きさき》を持たないので、広い後宮に仕える人員もまだ少なく、人影はまばらだ。

現在後宮に仕えるのは、環王のもとで新たに召し抱えられた宮女ばかりである。そんな彼女たちの間で、最近とある風説が広まっていた。

夜になると北の庭園のほうから、恨めしげな泣き声や、恐ろしいうめき声のようなものが聞こえるというのだ。

なんでもそこには昔、妃の一人が溺《おぼ》れて死んだという池があり、彼女の怨念が泣き叫んでいるのではというもっぱらの噂だ。女たちは恐ろしがって、近づこうとしない。

この池の上に建つ、かつて夢籠閣《むろうかく》と呼ばれた楼閣に今、一人の男が囚《とら》われている。

土気《つちけ》色の顔をしながら力なく寝台に横たわる碧成は、もはや昼夜の区別もつかなかった。

押し込められたこの場所が、かつて雪媛のために彼が建てた夢籠閣であると気づいたのは、ここへ来て随分《ずいぶん》日が経《た》った頃だった。それほどに、その印象は変わり果てていた。

窓が閉ざされていることが一番の要因ではあったが、据えられていた調度品はすべて持ち出され、壁にも床にも傷が目立ち荒れ果てている。彼が都を追われた際、混乱に乗じて荒らす者があったのだろうし、それきり手入れもされていないのだろう。唯一寝台は以前のままだが、延べられているのは見たこともないような薄い粗末な寝具であった。

話し相手もない、逃げ場もないこの場所で、ただ無為に時だけが過ぎていく。

時折、雪媛の面影《おもかげ》を探すように、殺風景な部屋を幽鬼のごとく彷徨《さまよ》うことがあった。しかしもはやどこにも、その残影の欠片《かけら》も見つけられはしない。

碧成はすでに諦《あきら》めかけていた。

助けは、もう来ないのかもしれない。

来たとしても、それはいつになるのか。果たしてそれまで、自分は生きているだろうか。

そうして鬱々《うつうつ》とした気分になると、彼は目を閉じ、思考の波に入り込んだ。そうすればこの絶望的な現実から一時、逃れることができる。

縋るように思い返す雪媛との記憶は、ひたすら深く時を遡《さかのぼ》っていく。

まだ彼が少年であった頃、初めて雪媛と出会った日。父に叱責《しっせき》され、行き場もなく亡き

母の宮殿の前で一人蹲って泣いていた彼は、優しい声を聞いた。

よく覚えている。

顔を上げると、そこには、雪のように美しい人が佇《たたず》んでいた。

（子どもだった——）

あの頃の自分は、本当になんの力もない子どもであった。

そう考えて、ひどく可笑《おか》しな気分になり、乾いた笑い声を上げた。

（今もそうではないか）

皇帝となった彼に、誰もが傅《かしず》いた。手の届かぬ存在であった雪媛も、ついに腕の中に収めた。

それなのに今も、彼は独《ひと》りだ。

何もできず、一人で膝《ひざ》を抱えていたあの時と何が違うのだ。

父の言う通りだったのかもしれない、と碧成は思った。自分は何をやっても秀《ひい》でたところのない息子で、父である先代皇帝が誰憚《はばか》ることなく彼についての不満を口にしていたのを知っている。才気煥発《かんぱつ》な兄たちに比べれば、皇帝の器《うつわ》ではなかったということか。

碧成はふと、目を開けた。

閉め切られていた扉が、無造作に開かれる音がする。この扉が開くのは日に一度、食事

が持ち込まれる時だけである。もうそんな時間なのか、と思いながらも、身じろぎもしなかった。空腹を覚えても、毎日変わらぬ薄い粥《かゆ》を口にすることにはすでに辟易《へきえき》している。

いつもと何かが違うと気づいたのは、耳に届く足音の多さからだった。

(なんだ?)

怪訝《けげん》に思い起き上がろうとしたところに突然、武器を手にした兵士たちがなだれ込むように姿を現した。一瞬で寝台を囲んだ彼らを前にして、碧成は息を呑む。

その後ろから、侍従《じじゅう》と思《おぼ》しきひょろりとした壮年の男が現れた。彼は冷え冷えとした目で碧成を見下ろし、

「――連れていけ」

とだけ命じた。

無造作に腕を摑まれる。

喚《わめ》いても、誰も気にも留《と》めない。乱暴に外へと連れ出された途端、碧成は視界の眩《まばゆ》さに思わず呻《うめ》き声を上げた。反射的に目を固く瞑る。

空は暗い雲が広がっており薄暗かったが、それでも長い間灯《あか》りもない部屋に閉じ込められていた碧成にとっては、恐ろしく眩《まぶ》しく感じられた。

目を瞑ったまま、歩けとぞんざいに背を押される。覚束ない足取りで、一歩一歩探るよ

うにしながら碧成はおずおずと橋を渡った。

雷鳴が聞こえる。

瞼の裏に閃光が走った。稲妻だ。それがさらに眩しく、彼の目を苛《さいな》んだ。

橋を渡り終え、さらに歩かされた。まだ目が開けられず、左右を兵士に挟まれ両腕を摑まれたまま進んでいく。こんな扱いは、かつて受けたこともない。まるで罪人が刑場へと引きずられていくようだった。

ようやく目が明るさに慣れ、恐る恐る瞼を開いた頃には、すでに夢籠閣のある池からはすっかり遠ざかっていた。後宮を抜けると、彼の前に現れたのはかつて己が主であった宮殿の数々だった。それらは不思議と、すでによそよそしい横顔を見せている。

「……どこへ、連れていく気だ」

久しぶりに出した自分の声は、ひどく掠《かす》れて弱々しい。侮《あなど》られてはならぬ、と懸命に声を張った。

「殺すなら……さっさと済ませるがよい！」

「黙って歩け！」

腰のあたりに衝撃を感じた。つんのめって倒れた碧成は、再び呻き声を上げる。誰かが後ろから、彼を蹴飛ばしたのだ。

頬が石畳に擦《こす》れる感覚が、妙に生々《なまなま》しく伝わってくる。それは大した痛みではなかったが、足蹴《あしげ》にされ地に伏した己の惨めな姿を自覚するのに十分で、言いようのない屈辱感が胸の奥から這い上がってきた。

「これ、勝手なことをするでない」

先ほどの侍従が、手を出した兵を窘《たしな》める。

「少し押しただけですよ。勝手に転んだんだ」

白々しい言い訳をする兵士の足下で、碧成は上体を起こす。しかしそれ以上は力が入らず、肩で息をしながら蹲ってしまう。もとより頑丈ではない彼の身体は、ろくな食事もとらず絶望感に身を浸《ひた》す生活に蝕《むしば》まれ衰《おとろ》えきっていた。

「――立て」

そう命じる侍従は以前から皇宮にいた者ではなく、環王の幼い頃から傍近くに仕えていた男だ。碧成に対し敬意の欠片も感じられない態度からは、自分の主の立場が逆転したことに対する勝利の満足感がありありと滲んでいる。

そしてそこには、使役《しえき》される立場の人間が持つ一種の浅ましい被虐性《ひぎゃくせい》も垣間見《かいまみ》えた。かつては皇帝として権力の頂点にいた男が、這いつくばりなすすべもない。その様を眺めるのが、愉快で仕方なさそうである。

「安心しろ。我らはお前を殺すために来たのではない。この先で、お前の寵姫が待っているぞ」

碧成ははっと顔を上げた。

「……何？」

侍従はうすら笑いを浮かべている。

「柳雪媛が、軍勢を率いてすぐそこまで迫っている」

碧成は言葉を失った。

雪媛と軍勢という言葉が彼の中ですぐに結びつかず、碧成は「どういうことだ……？」と呟く。

「かの者はクルムと同盟を結び、都へと攻め入ってきたのだ。お前を救うために、と声高《こわだか》に唱えてはいるが……さてさて、そのような同盟があるものか。クルムが我が国を侵略するきっかけを与えているに過ぎぬだろう。愚かな……」

「雪媛が？」

信じられなかった。

彼は、いつか誰かが彼を救いに来るはずだと考えていた。だがこんな展開は、想像もしていなかった。その先頭に立つ者が、雪媛であろうなどとは。

「ゆえに陛下はお前を連れてくるよう命じられたのだ。どうなさるおつもりかは知らぬが、もしかしたらお前のお気に入りの寵姫と、また会えるかもしれぬぞ。――首は繋がっていないかもしれぬがな」

いたぶるような彼の言葉は、さらにくどくどと続いた。しかし、もはやそれは碧成の耳に入ってはいなかった。

(雪媛――雪媛が――)

すぐ近くに、彼女がいる。

危険を冒《おか》してまで、自分のもとへと向かっている。

「さぁ、立て。陛下がお待ちだ、ぐずぐずするな」

先ほどまで青白かった碧成の頰には、わずかに赤みが差していた。

力を振り絞って足を踏ん張り、身体を起こす。息を切らしながら、ゆっくりと歩き始めた。

空をどよもす雷鳴が、じりじりと近づいてくるのを感じた。

雷が震わす大気の振動がはっきりと肌に伝わり、まるで自分も鳴動する一部になったようだった。それは彼の身の内から湧き上がる衝動を体現するかのように、低く唸りながら徐々に大きくなっていく。

（雪媛に会える、雪媛に――）

雪媛がすぐそこにいると思うだけで、彼女が自分のためにやってきたというだけで、不思議と身体の辛さを感じない。あれほど重かった足は前に進み、苦しかった胸は躍《おど》るように弾んでいる。肩で息をしながらも、苦しいとは思わなかった。

つい先ほどまで抱えていた自分が独りであるという思いは、遠ざかっていく。

碧成は天を仰いだ。

皇帝とは、天の意を受け、この地上を治める者のことである。

故に、天子と呼ばれるのだ。

（天の、意――）

誘われるように、ゆらり、と右手を空に向かって差し出した。

（もし本当に、そんなものがあるのなら――）

大きく開いた五指の間から、暗澹《あんたん》とした雲が覗いている。

「何をしている。さっさと歩――」

居丈高《いたけだか》な侍従の声は、突然の轟音によって遮《さえぎ》られた。

彼らのすぐ傍に聳えていた楼閣に、一条の光が突き刺さるのを、碧成は見た。

足下が揺らぐ。大地をひっくり返すような音が耳をつんざき、一瞬にして世界が白く染

め上げられた。

楼閣の上層部が火花を上げ、勢いよく砕け散る。どっと押し寄せる風圧が頬を打ち、碧成はよろめいて後ずさった。

突如として雨のように、黒い影が降り注いでくる。割れた瓦《かわら》、柱の破片――碧成は思わず、目を瞑った。押し寄せる大小の瓦礫《がれき》が、重なり合うように地面を打ち続ける。耳元で激しく鳴り響くその音は、まるで世界が崩れ落ちているようであった。

巻き上がる砂埃《すなぼこり》に咳《せ》き込みながら、碧成は頭を抱えて蹲っていた。すぐ傍で、押しつぶされたような呻き声が上がり、途絶えた。

焼け焦《こ》げた匂いが鼻についた。

恐る恐る、顔を上げる。

再び目を開いた時、そこには、様変わりした世界が広がっていた。

立ち込める砂埃が周囲をうっすらと土色に染める中、彼は独り、ぽつんと佇んでいた。

足下に侍従が額から血を流して倒れていたが、彼を取り巻いていた兵士たちの姿はない。代わりに瓦礫の下から、いくつもの手足、表情を失った顔が覗いている。

落雷の直撃を受けた楼閣からは、炎が上がっていた。

炎は雷の一部のようにちかちかと輝きを放ちながら、瞬《またた》く間《ま》に大きく燃え広がっていく。

まるで巨大な松明《たいまつ》のように赤々と輝くそれを、碧成はどこか、美しいと思いながら眺めていた。

彼の顔は、炎に照らし出され赤く染まる。

碧成は、己の身を見下ろす。まったくの無傷であった。

誰かが泣き叫んでいる声が、他人事《ひとごと》のように耳に届いた。

雷鳴は、いまだ止《や》まない。

震えている両手を、ぎゅっと握りしめる。

「雪媛――」

碧成は顔を上げると、その場から駆け出した。

# 七章

皇宮《こうぐう》内は恐慌《きょうこう》に陥《おちい》っている。

人々は一様に青ざめ、嘆《なげ》き、この世の終わりが来たかのように逃げ惑《まど》う。都は四方を敵に囲まれている上に、雷によって崩れ落ちた楼閣《ろうかく》から上がった火の手は、彼らの小さな世界を暗転させた。

落雷の一報は、すぐに環王《かんおう》のもとへも伝えられた。

国忌日《こくきび》の法要のために、環王は重臣たちを引き連れて祖廟《そびょう》へと集まっていた。報告を受けると、彼は言葉を失った。

(今、この時に――)

浙鎮軍《せっちんぐん》が再び動き始め、そちらに気を取られていた。兵力も浙鎮に向けて大きく割いたばかりだ。そこへ、身動きできないでいた雪媛軍《せつえんぐん》が突如《とつじょ》として都へと攻め上ってきた。

そんな最中《さなか》に、である。

よりによってこの国の始祖を祀《まつ》るこの日、その末裔《まつえい》であり皇帝たる自分の居城に、天から雷が降ったという。

(まるで、これではまるで――天罰のようではないか)

皇位の簒奪《さんだつ》。

環王はぶるりと震えた。

環王自身がそう思うならば、ほかの者たちはどうであろうか。彼は無言のまま、臣下たちを見回す。誰もが表情を強張《こわば》らせているのがわかった。

「死者、怪我人《けがにん》ともに多数出ております。崩れた楼閣からは火の手が上がり、現在消火に当たっておりますが、兵は多くが出払っておりますので人手が足りず――」

「なんとしてでも延焼を防げ！　皇宮が焼け落ちるようなことは、何を措《お》いても防がねばならぬ！　民《たみ》を城へ入れて消火に当たらせよ！」

そこへ、新たに伝令が駆け込んでくる。

「申し上げます！　城外にて敵が攻撃を開始！　交戦状態となっております！」

環王は思わず舌打ちした。

「唐智鴻《とうちこう》は何をしている！」

国忌日は皇帝にとって重要な一日である。特に環王にとっては、賢帝《けんてい》より続くこの王朝

の後継者として、自《みずか》らの正統性を明確に示すよい機会だ。この日に皇宮を騒がせるようなことのないよう敵に対処せよ、と智鴻には命じてあった。

尹《いん》族を目の前で殺すと脅《おど》せば雪媛は判断を迷うはず、中でも腹心《ふくしん》の李尚宇《りしょうう》を盾《たて》に取れば攻撃することはできないだろう、と自信満々に自説を披露《ひろう》し出ていった唐智鴻は、いまだ皇宮に戻ってはいない。

「敵を押さえ込めると申していたではないか！」

「陛下、それだけでなく――」

「なんだ！」

言い淀《よど》む兵士の顔は青い。

「さ、先ほどの、雷でございます！　あれは、あれは――柳《りゅう》雪媛の力によって引き起こされたものなのでございます……！」

環王はひくりと息を止め、そしてくだらない、というように歪《いびつ》に笑う。

「何を世迷言《よまいごと》を」

「あの場にいた者全員が見聞きしておりました！　柳雪媛が天に向かい叫んだ途端、皇宮に雷が落ちたのでございます！　かの者は、こう申したのです。『神女の名において、皇帝の名を騙《かた》る者に天罰を下す』、と……！」

しん、とその場は静まり返った。

誰もが口を噤《つぐ》み、彼らの主《あるじ》にこわごわと視線を送る。伝令は、気圧《けお》されそうになりながらも必死に訴えた。

「あれは……あのお方は、真の神女なのでございます、陛下！　戦えば天罰が下るのではと、兵士たちはいずれも及び腰になっており――」

呆然とする環王の手を、隣に寄り添っていた雨菲《うひ》がぎゅっと握りしめた。

「益体《やくたい》もないことを！　ただの偶然に決まっています！」

「雨菲……」

「しっかりなさいませ、陛下！」

そこへ、ふらふらとした足取りの人影が現れた。

それが碧成の迎えに遣《つか》わした侍従《じじゅう》であると気がついて、環王は残された希望の光を感じた。

雪媛が攻め込んできたと知った時、彼は碧成を人質にすることを考えていた。

智鴻はああ言っていたものの、雪媛が進軍してきた以上、彼女が己《おの》が野心のために尹族を見殺しにすることもあり得る。しかし碧成を奪取することを大義名分にしている彼女は、彼の首に刃《やいば》を突きつければ引き下がるしかない。

「ああ、待ちかねたぞ！　兄上は？　連れてきたのだろう、どこにいる！」

侍従は額《ひたい》から赤黒い血を流していた。一人では歩くことができないのか、若い侍従の肩に縋《すが》りながらなんとか体裁《ていさい》を保っているようだった。

「恐れながら、陛下……見失いましてございます……！」

あまりのことに、一瞬頭が真っ白になった。

馬鹿な、と思い、やがて噴き出すように怒りがこみ上げてくる。

わなわなと震え、唾《つば》を飛ばして侍従を罵《のの》った。

「愚か者！　丸腰の男たった一人、連れてくることもできぬとはなんたることか！」

「真に面目次第もございませぬ！　護送中、近くの楼閣に雷が落ち、兵士たちはその下敷きに。私も頭を打ち意識を失っており、気がついた時には先帝の姿がなく……」

「まさか……兄上も、下敷きになって死んだのではあるまいな？」

「いいえ、死傷者を確認いたしましたが、見つかりませんでした。現在、近辺の捜索を行っております」

「必ず捜し出せ！　そう遠くへは行けないはずだ！」

「はっ」

すると雨菲が険のある声で「待ちなさい」と呼び止める。

「陛下。もしやこの者……柳雪媛の息がかかっているのでは？」

ざわめきが起きた。目を剝《む》いて固まっている侍従を見据えて、雨菲は問い詰める。

「おかしいではありませんか。その状況で、どうして先帝だけが生き残ることができるのです。本当は落雷が原因ではなく、誰かが兵士たちを殺して逃がしたのでは？」

侍従は真っ青になって首を横に振り、縋るように環王に向けて叫んだ。

「そのような！　決してそのようなことはございません！」

「陛下、この者を問いただすべきです！　きっとどこぞに匿《かくま》っているはず」

雨菲の言うことはもっともだと思えた。

それと同時に、じわりと嫌な感覚が環王の心の内に染《し》みのように広がっていく。

（ほかにも裏切り者が、すぐ傍《そば》にいるのかもしれない）

自分は関係ないというように成り行きを見守っている、居並ぶ臣下たちの顔。彼らはいずれも環王が兵を挙げ碧成を追放した際に、その手足となり支えてくれた功労者たちだった。碧成に不満を持ち、環王のもとに集《つど》った者たち。

実は彼らも、裏で柳雪媛と手を組んでいる可能性はないだろうか。

（そんなはずはない、そんなはず……）

「……その者を連れていけ！　兄上の居所を吐かせるのだ！」

「陛下、違います、決して……陛下！」

悲鳴を上げて連行される侍従から目を背《そむ》けながら、不安と苛立《いらだ》ちが押し寄せてきた。本当にあの侍従が裏切っていたとすれば、事態は最悪である。

（兄上はすでに、皇宮の外へ逃げているかもしれない）

もしや、最初からこれが目的だったのだろうか。

注意を城の外へと引きつけ、その間に碧成を奪取する——神女と呼ばれる柳雪媛になら、これくらいの未来が視《み》えていても不思議ではない。

意を決して環王は立ち上がった。

「残っている尹族を城壁へ上げ、すべてその場で処刑せよ！」

臣下たちはぎょっとして顔を見合わせた。

「陛下、それは……」

「李尚宇だけでは足りないのであれば、仕方がない。一人ずつだ。一人ずつ処刑せよ。攻撃をやめれば、こちらも処刑の手を止めると伝えよ。眼前でその様を見れば、考えも変わるだろう。女と子どもから連れていけ！」

「で、ですが、そのような真似をして、これ以上の天罰が下ったらいかがなさいます！相手は雷すら操る神女ですぞ！」

「天罰などあるはずがない！　天の意を得た皇帝は、ここにいるのだ！」

しかし、彼らの表情は冴《さ》えなかった。

天罰を恐れているのか、身を縮ませてひそひそと何事か囁《ささや》き合っている。

法要は中断され、環王は臣下たちを従えて足早に大慶殿《だいけいでん》へと移った。状況を確認し、対策を講じねばならない。

しかしやがて、城門が破られたという報告が聞こえた時、その場はかつてないほどの静《せい》寂《じゃく》に沈み込んだのだった。


唐智鴻は、混乱する朱雀大路《すざくおおじ》を駆けていた。その前後には、彼を守るように周囲を固める男たちの姿がある。智鴻が以前から雇っている私兵だ。

都の人々は雪媛軍が優勢と聞きつけたようで、荷物をまとめて逃げ惑い、あるいは家の扉に厳重に鍵をかけて立てこもっている。

どうしてこうなった、と頭の中で何度も呟《つぶや》きながら、智鴻はまっすぐに皇宮へと続く道を急ぐ。

（くそっ、くそっ……っ！）

城壁の上から戦況を窺《うかが》っていた彼は、こちらが劣勢となったと見るやすぐさまその場から離脱した。雪媛が雷を操ったと思い込んだ兵士たちは、天罰を恐れて防戦一方となっている。

このままでは、負ける。

落雷による火災だろうか、前方に見える城壁の向こうから黒々とした煙が立ち上っている。

（天罰だと？　そんなわけがあるか）

柳雪媛。二代に渡り皇帝を誑《たぶら》かした女狐《めぎつね》。

女ならば後宮《こうきゅう》の奥でせいぜい女同士足の引っ張り合いに明け暮れていればよいものを、皇帝である碧成を操って政《まつりごと》にまで口を出す。ついには皇后《こうごう》の座まで手に入れようとしたところを芙蓉《ふよう》を流産させた一件で失脚し、これで終わりだと思っていた。

ところが碧成の執着《しゅうちゃく》は想像以上に強かった。再び彼女が後宮へ戻ってくると聞いた時には、必ず排除すべきだと考えた。皇帝が意見を聞く相手は、自分一人でいいのだから。しかし環王の謀反《むほん》により、雪媛はその混乱の中で行方《ゆくえ》不明となった。恐らくどこかで死んでいるだろうと、智鴻は頭の中から彼女の存在を抹消した。

やがてその雪媛がクルムで生き延びているという話が飛び込んでくると、何を置いても

彼女を取り戻そうとする碧成の姿に、智鴻は確信した。

あの女はしぶとい。今度こそ排除しなくては、いずれ必ず彼の進む道の障壁《しょうへき》になる。自ら身柄引き渡しの使者を志願したのは、この機に乗じて彼女を殺し、罪をクルムに擦《なす》り付けるためであった。

結局雪媛は取引の場に現れず、企《たく》みは不発に終わった。国へ戻れば碧成からは叱責《しっせき》を受け見向きもされなくなり、周囲からは冷たい視線を浴びせられる。やはり出自の低い者はこれだから、成り上がり者が調子に乗って、と嘲笑《ちょうしょう》する声は、嫌でも耳に入ってきた。

（これほど陛下に尽くした俺を、こんなつまらぬことで見限るつもりか？　柳雪媛が現れなかったのは俺の責任ではない。クルムが約束を違《たが》えたからだ。そもそもすべて、柳雪媛の謀《はかりごと》だったのではないのか？　陛下の傍にいる俺が邪魔だったから――）

雨菲の真の企みを知ったのは、そんな折であった。

「智鴻殿、あなただから、信頼してお話しするのですよ」

彼女はそう囁いた。

そして、今度こそ、と思ったのだ。

自分を正しく評価することのない主《あるじ》の下で、己《おのれ》の才覚を存分に発揮することもできず埋もれるわけにはいかない。

環王のもとで頂点に上り詰め、彼を見下した者すべてに必ず報《むく》いを受けさせてやる。

（それなのに、またあの女が）

柳雪媛。一体、どこまで邪魔するつもりなのか。

李尚宇を前にした彼女は、明らかに動揺していた。勝った、と思った。

ところが今や、彼は逃げるように彼女に背を向けている。

彼女が天罰と口にした途端雷が落ちるのを目にした際は、さすがに彼も肝《きも》を冷やした。

次は、自分めがけて雷が降るのではないか。

（ただの偶然だ……偶然に決まっている。決まっている、が……）

皇宮の入り口である朱雀門を潜《くぐ》り抜けると、智鴻はようやく足を止めた。肩で息をしながら、不安そうに背後を確認する。

これほどまでに必死に駆けてきたのは、恐怖に囚《とら》われているからだ。しかし彼はそれを決して認めようとせず、状況を逸早《いちはや》く環王に報告するために足を急がせたのだ、と己に言い聞かせた。

ふと、遥《はる》か後方で、どよめきのようなものが沸き起こるのが聞こえた気がした。

ついに城門が破られたのかもしれなかった。

そうであれば、ここまで敵が押し寄せてくるまでに、もう時はない。

捕まれば死が待っている。もし逃げおおせたとしても環王は失脚し、碧成が皇帝に返り咲くだろう。智鴻が裏切ったことを知れば、碧成は今度こそ彼を処罰するに違いなかった。相手が碧成だけであればなんとか言いくるめることができるかもしれないが、その隣にいるであろう柳雪媛が黙ってはいないはずだ。

付き従ってきた私兵たちの数は、十。いずれも腕は立つが、まともな氏素性《うじすじよう》ではない。人攫《ひとさら》いや強盗、暗殺などを生業《なりわい》としていた者たちである。彼らに対しては侮蔑《ぶべつ》の念しかなかったが、金さえ払えばなんでもするところは使い勝手がよかった。

「私は陛下のもとへ行く。お前たちは身を潜《ひそ》め、やつらがここまで攻めてきたら、気づかれぬよう敵軍勢の中に潜《もぐ》り込むのだ」

「敵の中に、ですか」

「そうだ。……そしてなんとしてでも、柳雪媛に近づけ！」

彼女さえいなくなれば、確実に敵の士気をくじき、形成を逆転できる。

「柳雪媛を、殺せ。目印は、『雪《せつ》』の旗だ」

それは恐らく、碧成が環王によって追われた時の都を再現するような光景であっただろ

う。

通りには逃げ惑う人々が溢《あふ》れ、互いにぶつかり合うように行き交っている。どこからともなく子どもの泣き声が響き、ついに城門が破られて武器を手にした兵士たちが雪崩《なだ》れ込んでくると混乱はさらに深まった。

そんな中、『雪』の旗が大通りに現れると、誰もが息を呑み、恐れと興奮と好奇心が混ざり合った視線を向けた。

旗の下には騎乗した雪媛の姿があり、朱雀門へと向かって真っすぐに進んでいく。その後には整然と従う兵士たちが続いたが、彼らが略奪や火付けを行う気配がないことに人々はひとまず安堵《あんど》した。

中には、神女様、と叫ぶ者や喝采《かっさい》を浴びせる者もあったが、多くはただ息を潜めるように様子を窺っている。

悲鳴と怒号が飛び交う皇宮へ足を踏み入れた雪媛は、声を張り上げた。

「環王を捜し出せ！　必ず捕らえるのだ！」

「はっ！」

青嘉《せいか》が各部隊に指示を出す。

「潼雲《どううん》は大慶殿、瑯《ろう》は華陵殿《かりょうでん》へ。すでにもぬけの殻《から》かもしれないが、逃げるならば玄武門《げんぶもん》

だろう」

「今日は国忌日だろう。祖廟に集まっていた可能性が高いぞ。そちらにも兵を差し向けたほうがいいんじゃないか。僧侶たちに紛《まぎ》れて逃げようとしているかもしれん」

「戦《いくさ》の最中に、香を上げてたんか？　悠長《ゆうちょう》なことじゃな」

潼雲の指摘に、瑯が呆《あき》れた顔をする。青嘉は頷いて、部隊のひとつを祖廟へと向かわせた。

「それから、燦国《さんこく》の公主《こうしゅ》を見つけたら保護を」

「わかってる。――行くぞ、瑯！」

潼雲と瑯が兵を引き連れて去っていく。

彼らを見送ると、雪媛は背後の青嘉と燗流《かんる》、それに続く兵士たちに向き直った。

「我々は囚われた陛下のもとへと向かう！　必ず、我らの手で救い出すのだ！」

おお、と喚声《かんせい》が上がった。

この場へ率いてきたのは、大半がクルム兵ではなく瑞燕国《ずいえんこく》の兵士たちであった。彼らの士気は高い。碧成の奪還こそがこの戦の目的だ。自らの働きで皇帝を窮地《きゅうち》から救うという栄誉と功績を得るため、使命感と高揚感に満ちている。

だが何より、雪媛がその手で碧成を救い出すことに意味があるのだ。この戦に勝利し碧

成を復位させた暁《あかつき》に、彼女こそが最も大きな力を手に入れるために。

(それにしても、よりによって陛下が夢籠閣《むろうかく》にいるとは……)

後宮へと向かいながら、雪媛の胸はざわざわと波立っていた。

東宮《とうえい》からの文に夢籠閣の三文字を見つけた時、すうっと血の気《け》の引く気がしたのを思い返す。

閉じ込められ、逃げ出すことのできなかった日々。目の前で死に絶えた尹族の娘や、冠《かん》希《き》の顔、それに、すっかり人が変わってしまった碧成の姿が脳裏を掠《かす》めた。

因果《いんが》、という言葉を思う。

青嘉も同じように考えたのだろう。碧成が夢籠閣に幽閉《ゆうへい》されていることを知った際、彼もまたひどく複雑そうな顔をしていた。

後宮へと続く門を潜ると、傍にいた燗流が感心したように目を瞠《みは》った。

「これが後宮、ですか。まさか自分の生涯で、ここへ足を踏み入れることがあるとは思いませんでした。噂に聞く美女三千人は見当たりませんが、心なしかなんともよい香りが満ちているような……」

言いながら、鼻をひくつかせる。

彼の言う通り、後宮内はひどく閑散《かんさん》としていて人の気配がしなかった。

環王が皇宮の主になってからそう長く経っていないこともあるが、なにより彼には雨菲以外の妃がいない。往時《おうじ》のごとく美女が居並ぶ華やかな後宮は、無用の長物となっていたのだろう。

数少ない女たちもすでに逃げたと見える。彼女たちの残り香《が》だけが、儚《はかな》い幻のように揺蕩《たゆた》っていた。

（雨菲も逃げただろうか。環王と一緒かもしれない）

「見えました、夢籠閣です」

青嘉の声に、はっとした。

悪夢が突然、目の前に蘇《よみがえ》ってきたようだ。

霧《きり》に包まれた池は、暗く陰鬱《いんうつ》な口を開けるように姿を現した。その水面《みなも》に、ぼんやりと幻のような楼閣の影が揺れている。

わずかに、動悸《どうき》が激しくなる。

青嘉は剣を抜き、警戒しながら一歩ずつ橋の袂《たもと》へと近づいた。静かに四方を見渡し、彼に続いた兵士たちに、止まれ、と命じる。霧の向こうに何者かが潜んではいないかと目を凝《こ》らす。

「――誰もいません。見張りの者も、姿がないようです」

楼閣の周囲は静まり返っていた。

青嘉は警戒を解かぬまま、細い橋を渡る。ぎしぎしと軋《きし》んだ音が、ひどく大きく響いて聞こえた。それほどにここは、時が止まったかのようにひっそりとしている。

青嘉は楼閣の扉の前に立つと、耳を当てて中の様子を確認した。声は出さぬまま、兵士たちに手の動きで指示を出すと、すうと息を吸い込んだ。

勢いよく扉を開け放つと、一気に中へと飛び込む。数人の兵士がそれに続いた。

外で待つ雪媛は、板が打ち付けられた窓を見つめていた。外界に繋がる窓すら閉ざされたこの楼閣で、碧成は一人、何を思っただろう。

寝室まで確認して、青嘉が足早に戻ってくる。

「陛下の姿はありませんが、つい先ほどつけられたばかりと思われる複数の足跡があります。どこかへ移動させられたか、あるいは……」

殺されたか。

青嘉は、口には出さなかった。

「……血痕は？」

「ありません」

雪媛は頷く。

「潼雲たちに合流しよう。環王を捕縛できれば、行き先はわかる」

ひとまず華陵殿へ向かおうと後宮を出た雪媛たちだったが、ある一画《いっかく》に差し掛かると足を止めた。

眼前に現れたのは、雷の直撃を受けて崩れ落ちた高楼《こうろう》だった。

それはもはや原型を留《とど》めず、ただの瓦礫《がれき》の山である。堆《うずたか》く積み重なり、いまだくすぶって黒々とした煙を噴き出している。完全に消し止めないまま、宮人たちは逃げ出してしまったらしい。

散乱する割れた瓦《かわら》や木材の下から、人の頭部や手足がいくつか見え隠れしていた。いずれも、すでに息絶えている。

雪媛は膝《ひざ》をつき、静かに手を合わせた。

「このままではほかの建物にも延焼する恐れがある。いくらか人を残して、消火に当たらせよう」

「承知しました」

引き連れてきた兵を割き、先を急ぎながら、雪媛は考えていた。

雷は自然現象だ。自分が何をしようと関係なく、今日この時にここへ落ちていたはずだった。それでも、命を落とした者たちは本来ここで死ぬはずのなかった人々かもしれない。

（それも全部、受け入れる。すべて背負おう）

華陵殿の門を潜ろうとした時、

「雪媛様！」

と彼女を呼ぶ女の声が聞こえた。

振り返ると、東睿が宮女たちを引き連れてやってくる姿が見えた。声を上げたのは鴎頌《おうしょう》だ。

付き従う柏林《はくりん》と眉娘《びじょう》も無事な様子で、雪媛はほっとする。落雷が起きることは予言として事前に伝えてはいたが、万が一にも被害に巻き込まれていたら、と心配していたのだ。

「皆、怪我《けが》はないか？」

「はい、全員無事です」

「東――いえ、衛国《えいこく》公主様。文を、ありがとうございました」

誰に聞かれているかわからない。あくまで燦国の公主として言葉をかける。

「役に立ちましたでしょうか」

「はい。今、別動隊が囚われた尹族を解放しに向かっております」

「陛下は、ご無事ですか？」

「残念ながら、すでに夢籠閣はもぬけの殻でした」

「そうですか……」

「どこにいらっしゃるか、お心当たりはありませんか？」

「いいえ……残念ながら」

「環王は今どこに？」

「わかりません。もともと、今日は祖廟に集まって法要が営まれていましたが、その後は大慶殿で臣下を集めて軍議を開いていたようです。ただ、落雷があってからはどこも混乱していて、今はどうなっているか……」

「公主様は急いで皇宮を出てください。我が軍営で保護いたします。――青嘉、護衛の兵をつけてくれ」

「はい」

数名の兵士が東睿の周囲を固め、こちらです、と彼を丁重《ていちょう》に案内する。鷗頌と柏林がそれに続いた。

すると、最後尾にいた眉娘がもどかしそうに振り向いて、ぱっと雪媛に駆け寄ってくる。

「雪媛様！　あの、どうかお気をつけて……！」

どうしても言わずにはおれない、という風情《ふぜい》に、雪媛は微《かす》かに笑んだ。

彼女の頭を優しく叩いて、うん、と頷く。

「ここは危ないから、早く行きなさい」

「……はい」

そう答えてから雪媛の傍に寄り添う燗流に気づくと、眉娘は目を輝かせた。

「燗流さん！　よかった、元気そうで」

先日の浙鎮行きの際、燗流は外で待機していたため、二人は顔を合わせることのないままだった。結果、これが雪媛の流刑《るけい》となった反州《たんしゅう》の地で別れて以来の再会である。

「うん、まぁなんとか。眉娘も無事でなにより」

「ああ、話したいことはたくさんあるんですが、また今度お会いした時に。それまでどうかご無事で！」

慌《あわ》ただしく東睿の後を追う眉娘の後ろ姿に、燗流が困ったように呟くのが聞こえた。

「俺が無事なことはまずないけど……」

念のため屋内を検《あらた》めたものの、華陵殿には宮女と侍従が数名いるだけだった。彼らは雪媛たちを見ると悲鳴を上げ、泣きながら助けてくれと懇願《こんがん》した。瑯がすでにここを去っているのを確認し、雪媛は少し思案する。

「大慶殿へ行ってみよう。そちらに合流しているかもしれない」

雷は低く鳴り続けている。

湿った空気が、雨の訪れが近いことを感じさせた。

皇宮の中心に位置する大慶殿に辿《たど》り着くと、こちらの気配を察したように扉が開いた。中から、潼雲が姿を見せる。

「雪媛様！」

「どうなった」

潼雲はわずかに胸を張る。

「環王、並びに蘇《そ》雨菲を、捕らえましてございます！」

「中か？」

「はい」

雪媛が足を踏み入れると、玉座《ぎょくざ》の前に兵に囲まれて座り込んでいる男女の姿があった。

環王と雨菲だ。

「二人だけか？」

「どうやら臣下たちは、早々に主を見限って逃げ出したようです。結局、陛下に不満のあった者たちが寄り集まった、烏合《うごう》の衆に過ぎなかったのでしょう。そちらは今、瑯が追っています」

雪媛はゆっくりと、殿内を見渡す。

かつてはあの玉座に腰を下ろす皇帝の前に、ずらりと居並ぶ臣下たちの姿があった。

数々の華やかな儀礼が執《と》り行われたこの場所は、今は寒々しいほどがらんとして空洞のようだ。高々と据えられた豪奢《ごうしゃ》な玉座は主を失い、哀愁《あいしゅう》さえ滲んでいる。その階《きざはし》の下で震える二人の若者に、雪媛は近づいていった。

環王はぎくりとしたように、わずかに身を引いた。彼に縋りついている雨菲が、ひどく恨めしそうにこちらを睨《にら》みつけている。

そんな二人に、雪媛はかつてのように優しい笑みを浮かべてみせた。

「お久しぶりでございますね、環王様」

すると、環王は最前怯《おび》えた姿を見せたことを恥じるように、ぐっと顎《あご》を反《そ》らした。

「これは……謀反であるぞ、柳雪媛！」

耳を貸さず、雪媛は尋ねる。

「陛下はどこです？」

「この国の皇帝は、私だ！」

自分に言い聞かせるように、環王は叫んだ。その顔は赤く染まり、手は震えている。

雪媛は眉一つ動かさない。

そして、冷え冷えとした視線を彼に突き立てた。

「あなたに、天命はございません」

環王は愕然《がくぜん》として目を剝《む》いた。

唇を開けたり閉じたり、わなわなと震わせながらも言葉が出てこないらしい。神女たる雪媛の口からはっきりと告げられたその言葉は、彼の揺らいでいた心を打ち砕くには十分だった。

「黙りなさい！」

環王を庇《かば》うように、雨菲が身を乗り出す。

「天の名を騙り、人心を惑わす妖女！　天罰が下るわ！」

「雨菲殿。しばらくお会いしない間に、随分とご活躍だったようですわね」

にこやかに雪媛は言った。

雨菲は苛立《いらだ》ったように眉を逆立てる。

「あなたは、なんでも自分の思い通りにならないと気が済まないのよ。自分こそが一番になりたくて仕方がないのよね。私がこの国の皇后になるのが、我慢ならないんだわ。二代の皇帝を誑かしただけでは飽き足らず、私から陛下を奪ってあなたの意のままに操るつもり？　卑しい異民族の分際で、誇り高い歴史を持つこの瑞燕国の皇后になろうなんて、烏《お》滸《こ》がましいにもほどがあるわ！」

青嘉や潼雲に目を向けると、あざ笑うように口の端《は》を歪《ゆが》ませる。

「どうせそこにいる男たちも、その猥《みだ》りがましい身体を与えて従えている愛人なでしょう？　クルムのカガンには一体、寝床《ねどこ》でどんなふうに兵をねだったのかしら。誇り高く清らかな瑞燕国の女人《にょにん》であれば、そのような振る舞いはおぞましくて考えもつかないわ。下《げ》賤《せん》な出自は行動に現れるものよ。そんな汚《けが》らわしい女を神女だなんて、無知蒙昧《もうまい》な民は簡単に騙《だま》されて……！」

雪媛は彼女の言葉を聞き流すと、涼しい顔で命じた。

「押さえていろ」

「はっ」

周囲の兵士たちが、雨菲を環王から引き離す。環王が「やめろ！」と声を上げた。

雪媛は、懐《ふところ》からするりと短剣を取り出す。

その切っ先を雨菲の白い頬に向けると、彼女は硬直したように息を呑んだ。

「陛下の居場所を言え。……言わねば、その綺麗な顔にいくつか模様を描いてやろう。どうだ？」

「………………っ」

雨菲は声も上げられずにいる。その身体は、かたかたと震えていた。

「やめろ！　やめろー！」

　環王が叫ぶ。

　そんな彼に、雪媛はにっこりと微笑みかける。

「環王様、いかがでしょう？　このままでは、あなたの大事なお方の顔に傷がついてしまいます。正直に教えていただけませんか？」

　今にも刃が顔に触れそうで、雨菲は唇を動かすことすら恐ろしいらしい。助けを求めて、ひどくか細い声を上げた。

「陛下……陛下……っ！」

「雨菲っ……」

　環王の目には涙が浮かび、どうすることもできない悔しさに身悶《みもだ》えしていた。

「なんという……なんという非道な真似を！　雨菲は関係あるまい！」

　雪媛は切っ先をすうっと、顔の下に伸びる白く細い首に向けた。

「関係のない者を先に巻き込んだのは、環王様でございますよ。では環王様のお好みに合わせて、我が同胞たちが受けた仕打ちと同じように、この首を斬って差し上げましょう。

――潼雲」

「はっ」

「雨菲の首を斬れ」

「承知いたしました」

剣を手にした潼雲が近づくと、雨菲は絶望的な悲鳴を上げた。逃れようと、必死の形相《ぎょうそう》で雪媛に縋りつく。

「やめて！　――知らないのよ！　あの方がどこにいるか、誰にもわからないの！」

冷たい目で、雪媛は「さっさとやれ」とだけ命じる。

「本当よ、本当に……！」

「雨菲の言う通りだ！　あ、兄上は……っ、兄上がどこにいるのか、私にもわからないのだっ！」

雪媛は刃をぐいと雨菲の頬に押し当てた。つんざくような悲鳴が上がる。

焦《あせ》った環王が声を嗄《か》らして「嘘ではない！」と叫んだ。

「本当に知らぬのだ！　護送中だった兄上は落雷に巻き込まれ、それきり行方がわからぬ！」

「――落雷で？」

泣きだしそうな顔で、環王は何度もこくこくと頷く。

「遺体はなかった！　だから私は、そなたたちが内通者を使って、密《ひそ》かに兄上を外へ連れ

出したのかと……！」

「言ったわ、正直に言った！　放して、放して……！」

「それが真実だという証拠は？」

雨菲に刃を向けたまま、雪媛は尋ねた。

「あ、兄上を迎えに行かせた侍従がいる。そやつが内通者だと思い、先ほど獄に繋がせた。その者に確かめるがよい。私と同じ話をするはずだ！」

怯えきった雨菲から、ゆっくりと手を離した。

がたがたと震える雨菲は力が抜けたようにその場に蹲《うずくま》ってしまう。

「潼雲、その侍従の確認を頼む。本当ならば、陛下はまだ皇宮内にいる可能性が高い。すぐに全軍を挙げて捜索せよ」

碧成がいなくては、この戦は雪媛の勝利とは言えなかった。なんとしてでも捜し出す必要がある。

「かしこまりました。この二人はいかがしますか」

「ついでだ。牢獄へ行くのだから、そのまま牢に放り込んでこい」

「牢だと……！」

環王は愕然としている。

「私を牢に入れるというのか?」

雪媛はにっこりと笑った。

「罪人は牢に入るものでございますゆえ」

「私はこの国の皇帝であるぞ! 私の父も皇帝であった! 皇后の正嫡《せいちゃく》であり、環王に封《ほう》じられていたこの私を……!」

「あら。謀反人がぬくぬくとした豪華な部屋でお過ごしになれるとでも?」

「馬鹿な! そんなことが許されると――」

「もとを辿れば、あなたの祖先は牢に送られた罪人でございました。その牢から這《は》い上がりこの国の皇帝となられたのです。その末裔に、これほどお似合いの居場所はございませんでしょう」

「な……」

連れていけ、というように潼雲に目で合図する。

潼雲は兵に命じて彼らを引っ立てさせた。

「さぁ歩け!」

嫌だと喚《わめ》いている環王と、もはや泣くばかりの雨菲が扉の向こうへと消えていく。同時に、環王を捕らえたことを各方面に触れ回らせるため、青嘉が数名の兵に行き先を指示し

て送り出す。環王が拘束されたと知れば、いまだ抵抗する者たちも矛《ほこ》を収めるだろう。

残った兵に大慶殿の周囲を固めさせると、扉を閉ざした。がらんどうになった殿内は、先ほどまでの喧騒が嘘のようにひっそりと静まり返る。

その場に残ったのは、雪媛と青嘉、燗流の三人だけだ。

石畳に打ち付けるまばらな水音が、いやに大きく耳に届いた。雨が降りだしたらしい。

雷はまだ時折咆哮《ほうこう》を上げたが、徐々に遠ざかっているようだった。

「――あれほど雷が鳴っている中で、俺に落ちなかったのは初めてです」

雷鳴を聞きながら思い出したように、燗流が感慨《かんがい》深げに言った。

「俺がいるのに全然別のところに落ちるなんて、本当に初めて見ました。やはりあれが、本物の天罰だったからでしょうか」

「……そうかもしれないな」

じっと、自分の手を見下ろす。

（尚宇が、力を貸してくれたのかもしれない）

尚宇の遺体は、必ず捜し出して確保するようにと指示は出してあった。そのまま皇宮へ向かったので、まだ彼の手を取ることもできていない。

金色に輝く、空《から》の玉座を見上げる。

いつかあの席に座る自分の傍に、尚宇もまた、必ずいると思っていた。

（尚宇……）

兵士が一人、雨に濡れたまま駆け込んできた。

「ご報告いたします！　囚われていた尹族は皆、無事に解放したとのことです！」

「そうか……！」

（せめて、守れた……）

そう思うと、知らずに身体から力が抜けた。

ふらりとよろめいた雪媛に、慌てて青嘉が腕を伸ばす。

「雪媛様、少し休まれては」

「……大丈夫だ」

青嘉の腕に縋りながら、雪媛は顔を上げた。碧成の安否《あんぴ》がわかるまでは、休んでなどいられない。

ふと、視界の隅で何かが動いた。

先ほど報告にやってきた兵士だ。その姿が、妙に揺らいで見えた。

どうしたのだろう、と思った瞬間。

手前に立っていた燗流の身体が、歪《いびつ》に傾《かし》いだ。

雪媛は初めて、彼のかつてなく切迫した叫び声を聞いた。

「お逃げください……雪媛様！」

ぱっと、赤い鮮血が散った。

# 八章

その場に崩れ落ちた燗流《かんる》を無造作に跨《また》ぎながら、その兵士は暗い目で雪媛を見据えた。彼の手に握られた剣には、鮮血が滴《したた》っている。

「雪媛《せつえん》様、お下がりください！」

斬りかかった青嘉《せいか》の剣を、味方に成りすましていた男はすんでのところで躱《かわ》す。わずかに後退《あとずさ》ったが、怯《ひる》む様子もなく青嘉に襲いかかった。

青嘉は外に控えているはずの兵に向け、声を張り上げる。

「敵だ！　侵入者がいるぞ！」

その声に呼応《こおう》するように、ゆっくりと扉が開いた。いつの間にか激しくなった雨音が、突如《とつじょ》として大きく殿内に伝わってくる。

頭から雨の雫《しずく》を垂らして現れた兵士の数は、わずかに四。彼らの衣《ころも》には、あちこちに血の痕《あと》が滲《にじ》んでいた。だが、自《みずか》ら流した血ではないようで、その足取りはしっかりしている。

それぞれが手にした血と雨に濡れた刃《やいば》が、ぎらぎらと光を放っていた。

雪媛は違和感を覚えた。

見る限り、雪媛の率いてきた北部兵の恰好《かっこう》をしている。

しかし、その顔に見覚えはない。

胡乱《うろん》な目つきで、彼らが雪媛に照準を合わせたのがわかった。

(――敵)

いつの間に紛《まぎ》れ込んだのか、先ほどの男と同様に味方を装《よそお》い近づいたに違いなかった。

開いた扉の向こうに、人の気配はない。

(では外にはもう、生きている兵はいないのか)

消火や護衛のため、途中で幾度か兵を割いたのを思い出す。ここへ連れてきた兵の数はかなり減っていた。そこを狙われたのだろう。

倒れた燗流の様子を窺《うかが》う。苦しそうに蹲《うずくま》っているが、なんとか立ち上がろうともがいている。生きている、とわずかに安堵《あんど》した。

燗流を襲った男を一刀のもとに斬り捨てると、青嘉は新手《あらて》の四人に剣を向けた。

その間に、雪媛は急いで燗流に駆け寄った。

「燗流、聞こえるか⁉」

「……うう、はい」

苦しそうに身体を起こした燗流は、いつもより覇気《はき》のない声を上げる。

「雷は落ちませんでしたが、刃《やいば》が落ちてきました……」

その言いように、泣きそうな気分で雪媛はわずかに笑った。

こんな時でもいつも通りの燗流である。

しかし血は止まらず、彼の腹部を赤黒く染め上げていく。燗流は眉根を寄せて自分の傷を見下ろした。

そして、「ああ、よかった」と呟《つぶや》く。

「これが、雪媛様の負った傷でなくて、よかった……」

思わず雪媛は、自らの手で傷口を強く押さえた。溢《あふ》れ出す血の熱さは彼がまだ生きているという実感とともに、命が今まさに奪われようとしているという恐怖も同時に運んでくる。

（止血《しけつ》しないと……早く）

敵は思った以上に手練《てだ》れらしい。多勢に対して、青嘉は防戦に回っていた。

（潼雲《どううん》か瑯《ろう》が戻ってくれば……）

ここでの異変に誰かが気づくまで、どれほどの時間がかかるだろうか。

雪媛は視線を走らせ、玉座《ぎょくざ》に向かって右手奥にある扉を確認した。それは通常、皇帝が出入りするためのもので、今は静かに閉ざされている。

逃げるならば、ここしかない。

「燗流、歩けるか？」

「……なんとか」

燗流の身体を支えて扉を目指しながら、肩越しに青嘉の様子を窺った。

青嘉なら必ず防ぎきる。そう信じて、扉に手をかける。

しかしそれが開いた瞬間、隙間《すきま》から影が伸びるように、背の高い男がぬうっと姿を現した。

「雪媛様！」

燗流が雪媛を突き飛ばす。剣先が眼前を掠《かす》めた。

敵に飛びかかった燗流は、相手を押さえ込もうと覆《おお》いかぶさる。傷からさらに血が溢れ出しているのがわかった。

その傷口を抉《えぐ》るように殴《なぐ》られ、動きが鈍《にぶ》った燗流の身体が大きく突き飛ばされる。

「燗流！」

男が雪媛に狙いを定めたのがわかった。

雪媛は本能的に、その場から飛び退《の》く。間一髪《かんいっぱつ》で空《くう》を切った剣を視界の端に捉《とら》えた。弾《はじ》かれたように駆け出した。

玉座の陰に回り込む。しかし男の手はすぐに伸びてきて、背後から髪を掴まれた。

「――ああっ」

引き倒された雪媛に馬乗りになった男が、確認するように顔を覗《のぞ》き込んだ。

「柳《りゅう》雪媛だな？」

もがいた手はあっさりと掴まれ、捻《ひね》り上げられてしまう。

男の剣が、雪媛の喉《のど》に切っ先を向けた。

その肩越しに突然、燗流の顔がぬっと覗く。燗流は背後から男に飛びかかると、腕を伸ばしてその首を力いっぱいに締め上げた。

「――ううっ」

男は呻《うめ》き声を上げながら、身をよじった。その下から這《は》い出した雪媛は、懐《ふところ》から短剣を抜く。先ほど雨菲《うひ》を脅《おど》すのに使った代物《しろもの》だ。

両手で強く握り込むと、そのまま勢いよく剣を男の胸に突き立てた。

刺し貫《ぬ》かれた相手は、驚愕《きょうがく》したように目を見開く。そして血を溢れさせながら、糸の切れた操り人形のように力なくその場に崩れ落ちた。

同時に、燗流もまた膝《ひざ》をつく。

「燗流！」

「……早く、今のうちに……逃げてくださ……」

雪媛はその腕を持ち上げ、自分の肩に回す。

「一緒に行くんだ、燗流！」

「だめです……もう……力が、入らない……」

「馬鹿者！　どんな災難に巻き込まれても、生き延びるのが姜《きょう》燗流だろう！」

燗流の息が浅くなってくる。雪媛はぎゅっとその手を握りしめた。

「……俺がこういうふうに生まれついたのは……こうして、雪媛様の代わりに、傷を受けるためだったのかも、しれません……」

「そんなわけがない！　そんなのは、許さない！」

「いえ、それでいいです……それが、いいです……すべて、意味のある、ことだったの……なら……」

「燗流！」

燗流は瞼《まぶた》を閉じ、力なく項垂《うなだ》れる。

「燗流！　燗流……！」

取り縋《すが》って必死に声をかけるが、燗流は呼びかけに応じなかった。

雪媛の肩に突然、誰かが触れた。ぎくりとして身を強張《こわば》らせる。

「雪媛様！」

振り返ると、そこにいたのは青嘉だった。

気づけば、殿内で無事に立っているのは雪媛と青嘉だけであった。敵はすべて地に伏し、動かなくなっている。

あちこちに血を浴びた青嘉自身も無傷ではないようで、肩で息をしながら雪媛を促《うなが》した。

「ほかにも敵が隠れているかもしれません。ここから出るんです、早く！」

「燗流が……！」

しかし青嘉は問答無用で雪媛を抱き上げると、肩に担《かつ》ぐようにして駆け出した。

「青嘉！」

雪媛は身をよじったが、青嘉は意に介さなかった。倒れた燗流の姿が、無情に遠ざかっていく。

外へ出ると、雨粒が二人に容赦なく降り注いだ。灰色に染め上げられている石畳の上には、殺された兵士たちの死体が折り重なっている。

「味方が近くにいるはず。とにかくそこまで――」

言いかけて、青嘉は言葉を切った。

上体を捩《よ》じり、担いでいた雪媛を庇《かば》うように覆いかぶさる。その背後から、誰かが剣を振るうのが見えた。

「――っ」

青嘉が顔を顰《しか》める。敵の刃《やいば》が彼の背を切り裂いたのだ。

「青嘉！」

青嘉は雪媛から身を引き離すと、剣を抜き向かっていく。見る限り、相手は二人。

背中から血を流しながらも、青嘉の剣は力強く舞った。一人を一刀のもとに斬り捨て、もう一人に斬りかかる。幾度目かの攻撃が致命傷となり、敵は倒れ伏して動かなくなった。

肩で息をしながら、青嘉はこちらを振り返る。

「ご無事ですか……っ」

青嘉は雪媛の手を取ると、足早に駆け出した。

「青嘉、怪我《けが》が――」

「俺は大丈夫です。それよりも早く……！」

ひゅっと音がして、青嘉の身体が揺らいだ。

一本の矢が、青嘉の肩に突き立っている。

「青嘉！」

痛みに眉根を寄せながらも雪媛を己《おのれ》の背後に押しやり、青嘉が叫ぶ。

「……っ、お逃げください！」

「青嘉……っ！」

剣を握りしめ、続いて飛んできた矢を薙《な》ぎ払う。

「早く！　行ってください！」

雪媛は身を翻《ひるがえ》し、一気に駆け出した。

雨の音が帳《とばり》のように世界を包む。そのせいで青嘉の声も気配も、すぐに遠ざかってしまう。

「誰か……！　潼雲！　瑯！」

視界が滲む。雨に濡れた顔を拭《ぬぐ》い、雪媛は濡れた石畳の上を走り抜けた。

階段を下ろうと足をかけた瞬間、沓《くつ》が滑り、無様に転倒してしまう。

もどかしい思いで立ち上がるが、右足首に痛みを感じると思わず動きを止め、目を瞑《つぶ》った。

引きずるようになんとか足を動かし、雨がしのげる回廊へと入り込む。ふらふらとその朱の柱に肩を預け、ずきずきと痛む足首に視線を落とす。

（こんな時に……っ）

「陛下が捕らわれただと……⁉」

「馬鹿な！」

はっとして、すぐに柱の陰に身を隠した。

話し声と足音は、すぐ近くから聞こえてくる。

鎧《よろい》を纏《まと》った兵士たちが、中庭を挟んだ向かいの道を移動していくのが見えた。恐らく、環王《かんおう》の下に置かれていた仙騎軍《せんきぐん》だ。

息を潜《ひそ》めながら、彼らが通り過ぎるのを待つ。自分の呼吸すらも誰かに聞こえていないだろうか、と不安に襲われながら、じっと耐えた。やがて、足音が遠ざかり雨音しか聞こえなくなると、柱の陰からそっと周囲の様子を窺った。

誰もいない。

立ち上がろうとしたが、足の痛みに思わず動きを止める。

その時だった。

長い回廊の奥に、ぽつんとした人影が現れた。

影は一つ。兵士ではない。

相手は、雪媛に気がついている。

見覚えのあるその顔。思えばそれは、柳雪媛としてこの世を生きるようになってから、随分《ずいぶん》と長い付き合いとなった男だった。

「あいつら……女一人始末できないのか、役立たずめ！」

唐智鴻《とうちこう》は不愉快そうに吐き捨てた。

その言葉に、あの刺客《しかく》たちは智鴻の差し金だったのか、と合点《がてん》がいく。どこまでも、裏でこそこそと画策《かくさく》するのが好きな男である。

彼の手には、一振りの剣が握られていた。

そのまま、ゆっくりとこちらへ近づいてくる。

雪媛はすうっと息を吸い込んだ。

「……智鴻、もう諦《あきら》めよ」

痛みを堪《こら》え、柱に手をつきながら立ち上がる。

「すでに環王は捕らえた。お前たちの負けだ」

「いいえ、まだ終わっていません」

智鴻はもたつきながら、鞘《さや》から剣を引き抜いた。そのぎこちなさからも、彼が内心ひどく焦《あせ》っているのがわかる。

空になった鞘を放り出すと、かしゃんと無機質な音が跳ね返った。

「荒事は苦手なんですよ。血なまぐさいのも嫌いだ。……でも、仕方がない」

確かめるように、ぎりりと両手で剣を握りしめる。

雪媛は痛む足をわずかに後ろへ引いた。

「――智鴻。天祐《てんゆう》は、私のもとにいる」

天祐の名を出すと、彼はぴくりと眉を揺らした。

（時間を稼《かせ》ぐしかない、味方が来るまでの……）

「父として、恥ずかしくない振る舞いをしてほしい。あの子のためにも」

「なるほど、人質というわけですか」

智鴻は皮肉っぽい笑みを浮かべる。

「あなたは神女と呼ばれているが、悪女と呼ぶほうがふさわしいようですな。なんとも卑劣な……」

「奥方と、娘御《むすめご》たちもいる」

智鴻はぽかんとした。

「…………は？」

「浙鎮《せっちん》へ行った際に、引き取ってきた。お前が陛下を裏切って姿を消した後、残された家族は当然ながら針の筵《むしろ》。謀反人《むほんにん》の一族として石を投げられ、随分と肩身の狭い思いをして

いた。幼い娘たちを心配した奥方が皇后様《こうごう》に助けを求められたので、皇后様から相談されて、私が預かった」

智鴻は額《ひたい》に手を当て、呆《あき》れたように頭を振る。

「落ち着いたら迎えに行くつもりだったのに！　芣苡《ふい》め、なんという浅はかなことを……」

「奥方は離縁を望んでいる。もう二度と、顔も見たくないそうだ」

「――ははっ」

くだらない、とでもいうように智鴻は笑う。

「あれはそう言えば、私の気が引けると思っている。なに、どうせ私が迎えに行けばすぐに機嫌を直す」

「娘御たちにも、生涯会わせるつもりはないそうだ」

「俺の子だ。会うも会わないも俺が決める。そもそも俺がいなければ唐家は終わりなんだ。あいつはそれをわかっていない」

「もう終わっているのだ、智鴻。――剣を置いて、降伏しろ」

智鴻は不愉快そうに、顔を歪《ゆが》めた。

「お前ごときが、俺に指図するな」

剣を手に、じりじりと近づいてくる。

「妻と子を盾《たて》に取れば、俺が怯《ひる》むと思ったか？　いかにも女の考えそうなことだ――」

雪媛はゆっくりと後退る。

己の心臓が激しく音を立て、呼吸が震えているのを感じた。

「誰も彼も、馬鹿ばかりだ！　俺の言う通りにしていればいいものを、俺を軽んじるからこんなことに――俺がこんなことまで――」

ぶつぶつと悪態をつきながら迫り来る智鴻の姿が、次第に大きくなっていく。

（青嘉――）

助けを求めても、彼の姿はない。

雪媛はぱっと身を翻した。右足がずきりと痛んだが、引きずるようにして智鴻から遠ざかろうとする。

智鴻も駆け出した。

追ってくる足音が、どんどんと迫ってくるのがわかる。あと三歩、あと、二歩。

振り返ると肩越しに、歪んだ智鴻の顔が見えた。

それは思った以上に、すぐ背後に浮かんでいた。保身のための焦りとともに、獲物《えもの》を追い詰めた優越感と興奮が、そのぎらぎらとした目に映し出されている。

「これで終わりだ――柳雪媛」

智鴻が、剣を振り下ろす。

その仕草は、やけにゆっくりと感じられた。しかし実際は、一瞬のことだっただろう。

白刃《はくじん》が雪媛の頭上に影を落とし、やがて視界いっぱいに広がった。

(避けられない――)

突然どん、と何かが身体にぶつかった。

「――⁉」

視界が大きく回る。

雪媛は勢いのまま倒れ込み、石畳に押し付けられるように伏した。

「うう……」

呻《うめ》き声を上げながら手をつき、起き上がろうとする。その背後を守るように、誰かが覆いかぶさっているのを感じた。

(青嘉?)

ぽたり、と自分の頬に赤い雫が落ちた。

「――せつ――えん」

耳元で囁《ささや》かれたその声は、青嘉のものではなかった。

雪媛は、息を呑んだ。

恐る恐る、顔を上げる。

その目に映った人物の姿を、雪媛は信じられない思いで見つめた。

碧成が、静かに微笑んでいる。

彼の身体は、そのままぐらりと傾《かし》いでいく。

崩れ落ちるように倒れ込むと、黒々とした血が彼の身体から流れ出し、じわじわと地面に広がっていった。

雪媛は、自分の身体を見下ろした。智鴻の刃は、一寸たりとも届いていない。

「……陛、下……？」

(庇《かば》った……？　私を？)

碧成は、瞼を閉じて動かない。

雪媛は彼に飛びついて、必死に声をかけた。

「陛下……陛下！」

智鴻は呆然と、剣を握りしめる己の両手を見下ろしている。

倒れた碧成の血まみれの背中と、その血に汚れた自分の手を何度も何度も見比べるように確認すると、微《かす》かに震え始めた。

「……へ、陛下……？　どうしてここに……」

呻くような言葉は、蚊が鳴くほどに小さかった。

碧成の瞼が、うっすらと開く。

その奥で、雪媛を探すように瞳が微かに揺れた。霞《かすみ》がかったように虚《うつ》ろなその目は、すぐ前にある雪媛の顔を判別できないようだった。

「……雪媛？」

「陛下！」

ようやく焦点《しょうてん》が合い、彼女の姿を見つける。碧成はほっとしたように、弱々しい笑みを浮かべた。

「……怪我は、ない……か……？」

「ええ、ございません！　陛下が、守ってくださいました」

「よかっ、た……」

雪媛は碧成を起こそうと、彼の背に手を回した。ぬるりとした血の感触が、その手を濡らす。出血の多さにぎくりとした。

それを抜きにしても、碧成は明らかに衰弱していた。以前よりもひどく窶《やつ》れてこけた頰、土気色《つちけ》の肌。ここでの幽閉《ゆうへい》生活がそうさせたのか、あるいはそもそも雪媛が彼に盛っていた毒によって、元来の健康が損《そこ》なわれていたことが、一層彼の身体を蝕《むしば》んだのかもしれな

い。

青ざめた智鴻は、唇を戦慄《わなな》かせていた。血を流す碧成を見つめながら信じたくないというように首を横に振り、

「違う……そんなつもりは……」

と喘《あえ》いでいる。

すでに見限った主《あるじ》とはいえ、皇帝としてこの国に君臨した人物を誤って己の手にかけたという事実が、彼に思考することを拒否させているらしかった。

碧成が、雪媛の腕を摑んだ。

やせ細った彼の力が思のほか強く、雪媛ははっとする。

「……会いた……かった」

「大丈夫です、陛下。今、手当てを……！」

傷を確認しようとする雪媛を、碧成は押しとどめるように自分に引き寄せる。

「ずっと……捜していたのだ……どこへ、行っていた……また、父上のところ……か？」

「……？　陛下？」

訝《いぶか》しみ、彼の顔を覗き込む。

碧成の目は再び焦点を失ったように、どこか遠くを見つめている。

「離れるな、と言ったのは……そなただと……いうのに……どこへ……」

「……………」

「まだ、帰りたくない……もう少し……向こうに、猜灯謎《さいとうめい》が……一緒に……」

幸せそうな表情はあどけなく、出会った頃の彼を見ているような気がした。なんの穢《けが》れもなく、純真であったあの少年の顔。

その儚《はかな》さは、彼の魂がすでにその身から失せようとしていることを物語っていた。

雪媛は、震える手で碧成の手を強く握り返した。

「……はい、陛下」

よく聞こえるように、一言一言、噛みしめるように語りかける。

「ここに、おります」

「どこにも、行かないでくれ……」

「……はい」

「……ずっと、一緒に……」

その声は掠《かす》れ、ひどくか細い。

雪媛は、彼の耳元にそっと唇を寄せる。

「はい、陛下。ずっと、一緒でございます……」

そう囁くと、安堵したように碧成は、ゆっくりと瞼を閉じた。

まるで、眠りにつく時のようだった。


雨はいつの間にか上がっていた。

すでに雷鳴は去り、雲間からはわずかな光が差し始めている。

青嘉は不安に押しつぶされそうになりながら、雪媛の姿を捜し求めていた。肩から流れる血が鈍色《にび》に光る石畳に滴り落ち、足跡のように軌跡《きせき》を残していく。

現れた刺客はすべて斬り伏せたが、さらに潜んでいないとも限らない。万が一、雪媛が襲われていたら——。

かつて、息絶える雪媛を腕の中で見送った日のことが、昨日のことのように思い出された。

「雪媛様……！　雪媛様……！」

声を上げても返事はない。

焦りが募《つの》り、息苦しさすら覚えた。

味方に合流できていればいい。あるいは、どこかに隠れていてくれれば。

その時、悲鳴のようなものが聞こえて、青嘉ははっと立ち止まった。

「違う……俺じゃない……！」

それは男の声だった。青嘉は駆け出す。

長い回廊の向こうに、人の姿があった。

一人は唐智鴻だ。青い顔で何やら喚《わめ》き散らしている。そして震えながら、手にしていた剣を投げ捨てた。

まるでひどく忌《い》まわしいものを放り出すような仕草で、早くその手から離したい一心に見えた。血のついた剣は、音を立てて地面に跳ね返る。

智鴻の足下には、血を流して倒れ伏す男と、彼の上体を抱きしめている雪媛の姿があった。

「雪媛様……！」

震えるほどに安堵して、雪媛のもとへと駆け寄った。

しかし、雪媛が抱きかかえている人物が何者か気づいた時、青嘉は言葉を失った。

碧成は力なく身体を投げ出し、ぴくりとも動かない。流れ出した血の量が、彼の命がすでに消えていることを示していた。

呆然とする青嘉の傍らで、智鴻はじりじりと後退り始める。おもむろに身を翻しその場

から逃げ出そうとする智鴻に対し、青嘉は反射的に飛びかかった。

「ひぃっ！　は、放せ！」

「どういうことだ！　お前が、陛下を弑《しい》したのか⁉」

「違う！　か、勝手に飛び出してきたんだ……！　殺すつもりなんて……！」

暴れる智鴻の顔を、思い切り殴りつける。

倒れ込んだ智鴻は、鼻から血がたらたらと流れ出すと悲鳴を上げた。

「ち、血が……血がぁっ」

智鴻は自分の血を見ると、ひいひいと大袈裟《おおげさ》に泣き叫び始めた。乱暴に彼の胸倉を掴むと、青嘉は常にないほどの形相で怒気を露《あらわ》にした。

「――散々人を傷つけ殺してきたくせに、この程度で喚くな！」

言うや否《いな》や、もう一発殴りつけてやる。

「……っ……」

智鴻は白目を剝《む》いて、意識を失った。

「……私を、守ってくださったのだ」

物言わぬ碧成を抱いていた雪媛が、ぽつりと呟く。

「元来、お優しいお方であった……」

横たわる碧成の顔は、憑《つ》き物が落ちたように穏やかだった。その口元には、微笑すら浮かんでいる気がした。

その様子に、青嘉は思い出す。

確かにこの人は、もとはこういう顔をしていたのだ。

(いつの間にか、忘れてしまっていた……)

かつて青嘉が生きたもうひとつのこの国の歴史の中で、碧成は決して賢君といえる人物ではなかった。

だが、心根の優しい、穏やかな君主であったことは間違いない。

論功行賞《ろんこうこうしょう》の際、幾度も戦功を挙げて帰ってくる青嘉に対し、碧成はいつも誇らしげな表情を浮かべていた。

「このような武人がこの国に生まれたことは、余の誉《ほま》れだ」

よく、そう言葉をかけてくれた。

彼に仕《つか》えた時間は、青嘉の前世における生涯において決して短いものではなかった。その分、彼との思い出と言えるものは確かに、記憶の中にいくつも存在している。そのいずれも、碧成は穏やかに笑っていたのではなかったか。

彼を狂わせたのは、自分だ。

死ぬ運命であった雪媛を救った時から、世界は変化した。

そしてなにより、青嘉が雪媛を愛さなければ、碧成があれほどに心を乱されることはなかったはずだった。

雪媛がゆっくりと、碧成の身体を地面に横たえた。

立ち上がると己は一歩下がり、彼に向かって膝をつく。そのまま何も言わず、美しい所《しょ》作《さ》で深々と額《ぬか》ずいた。

「青嘉！　雪媛様は……」

異変に気づき捜し回っていたのだろう、潼雲と瑯が慌《あわ》てて駆けてくるのが見えた。しかしその場の異様な空気を感じ取ると、訝しんで足を止める。

血を流す碧成の姿を捉え、二人は驚きに目を瞠《みは》った。

「これは……一体、何が……」

青嘉もまた、碧成の前に膝をついた。

「――瑞燕国《ずいえんこく》皇帝が、たった今崩御《ほうぎょ》なされた」

深く、頭《こうべ》を垂れる。

かつて己が仕えた皇帝に、敬意と哀悼《あいとう》をこめて。

潼雲と瑯は顔を見合わせ、やがて青嘉に倣《なら》った。彼らに付き従ってきた兵たちもまた、

その死を知り、静かに平伏する。

それが、瑞燕国皇帝として、後《のち》に霊帝《れいてい》と呼ばれた青年の最期《さいご》だった。

# 九章

その部屋は、ゆらゆらと煌《きら》めく輝きに満ちている。

幾重《いくえ》にも並べられた燭台《しょくだい》の列が、波のように揺らめいて静まり返った世界を照らし出す。

碧成《へきせい》の亡骸《なきがら》は、光に囲まれながら寝台に横たえられていた。

腐敗を防ぐために氷が敷かれ、ただでさえ冷え冷えとした空気は、一層キンと張り詰めて感じられた。

遺体の前に跪《ひざまず》いている雪媛《せつえん》は、ただじっと、その場から動かない。

線香の細い煙が薄く立ち上り、彼女と碧成の間を流れて、儚《はかな》く消えていく。

もう動くことのない、碧成の顔を見つめる。

足音が聞こえる。ひたひたと、何も言わずに背後にやってきたのが誰なのか、雪媛にはすぐにわかった。

「――手間が、省《はぶ》けた」

雪媛は一言、そう告げた。

「いずれ、死んでもらうつもりだったお方だ。環王《かんおう》は逆賊として捕らえ、陛下は亡くなり、これで、私の道に立ち塞《ふさ》がる者はいない。都が、この国が、誰もが――この私こそが、これからの瑞燕国《ずいえんこく》の舵取《かじと》りを担《にな》うことをすでに悟っているだろう」

頭の中には、すでにこれからの筋書きができあがっていた。

成すべきことは山積みだ。問題は多いが、それでも。

皇帝の座は、空《から》になった。

「陛下の葬儀はすべて私が取り仕切る。皇后《こうごう》である東睿《とうえい》が、私に全権を委《ゆだ》ねると命じれば誰も異論はあるまい。陛下の後継者が誰であるか、それで誰の目にも明白になる。これでようやく、私の望む国を築くことができる」

ゆっくりと立ち上がった。

そして、振り返る。

「ようやく、ここまで来た。祝杯を挙げたい気分だ」

背後に佇《たたず》んでいた青嘉《せいか》は、少しだけ躊躇《ためら》うように、口を開いた。

「――では、あなたは何故、泣いているのですか」

雪媛の白く滑らかな頬には、涙が幾筋も幾筋も伝い落ちている。

ゆっくりと頬に指を添え、その感触を確かめて雪媛は口角を歪《ゆが》ませた。

「ふふ」

自嘲《じちょう》するような笑い声だった。

「おかしいだろう？　殺すつもりで、散々毒を盛ってきた相手だ。私の目的のためには、死んでもらうしかなかった。私に泣く資格など、ないというのに」

亡骸に近づき、碧成の死に顔を見下ろす。

「どうにもならないものだな。……溢《あふ》れてきて、止まらぬわ」

（これほど自分勝手な者が、ほかにいるだろうか）

思い出すのは、まだ幼さを残していた、初めて会った頃の碧成の顔だ。

雪媛への恋慕《れんぼ》を隠す術《すべ》も持たず、眩《まぶ》しいばかりに見つめてきた少年。父である皇帝とともにいる雪媛を前にすると、狂おしい感情に翻弄《ほんろう》されて目を伏せていた。

ああ扱いやすい、と雪媛は思ったのだ。その純粋な気持ちは、大いに利用できる、と。

同時に、こうも思った。

彼が皇帝の血を引く者でなければよかったのに。

碧成のしたことを、許すつもりなどない。罪のない者たちを殺《あや》め、雪媛を追い詰め苦しめた。憎む気持ちはもちろんある。

しかし、彼の人生をそんなふうに捻《ね》じ曲げたのは、ほかでもない自分自身であった。

「笑っていらしたな、陛下は」

「……はい」

「微笑んで、逝《ゆ》かれた」

「はい。お幸せそうでした」

「幸せか……」

そっと、碧成の頬に手を伸ばす。

「こんなどうしようもない私のために、最期《さいご》は笑ってくださったのだな」

涙が視界を不鮮明にした。

碧成の顔が、もう、よく見えない。

「青嘉」

「はい」

「……もう少し、一人にしてくれるか」

青嘉がどんな顔をしたのかわからなかった。しかし彼は何も言わず、静かに遠ざかっていく。

やがて扉の閉まる音がして、蠟燭《ろうそく》の炎がひとつ、ふっと消えた。

守るように拒《こば》むようにあらゆる門を閉ざし、人の往来《おうらい》の途絶えた都は静まり返っている。冬の気配が近づいた夜の空気は、都に満ちた血の匂《にお》いを浚《さら》っていくように清らかだった。

その中で、安心して眠りについている者、不安を抱《かか》えて眠れない者、密《ひそ》やかにこれからのことを話し込む者、都から逃げ出そうとしている者——彼らはいずれも、今この国に皇帝が不在であることを知っている。

数日前、雪媛軍によって皇宮《こうぐう》が制圧され、環王が捕らえられた。

その知らせがもたらされると、戦乱に怯《おび》え、環王による重税にも苦しめられていた人々は、これでようやく落ち着き、暮らしが楽になるのではないかと希望を持った。柳《りゅう》雪媛が都を攻めに来ると聞いた時には不安に駆られたが、都が荒らされることなく事が収束したことにより彼女への拒否感は少なく、何より雷を落とす神力を目の当《ま》たりにした者たちが吹聴《ふいちょう》する勝利の逸話《いつわ》は、神女としての信憑性《しんぴょうせい》に一層の拍車をかけた。

その日が国忌日《こくきび》であったことも大きかった。雪媛は始祖が民《たみ》の窮状《きゅうじょう》を知り天から遣《つか》わした救い主である、との噂も人々の口に上った。

同時に、碧成が命を落としたという知らせに、誰もが驚きと哀《かな》しみをもって接した。弟

に裏切られ都を追われた青年皇帝の悲劇の死は、人々の同情を誘わずにはいられなかった。彼の一時の暴虐ぶりや、実は先代皇帝の血を引いていないのではといった悪意ある噂などすっかり忘れ去られたように、多くの者が彼の死を悼《いた》んでいる。

主《あるじ》を失った皇宮もまた、ひっそりとした夜を迎えていた。

そんな中を、忍びやかな足音を立てる人影がある。

影は二人分。

小さな灯《あか》りに足下を照らされながら、雪媛は暗く沈んだ石畳を静々と進んでいた。傷《いた》めた右足を、少し引きずっている。

その傍《かたわ》らには、影のように付き従う青嘉の姿があった。

ある部屋の前に辿《たど》り着くと、中へと声をかける。

少し間をおいて、扉が開いた。顔を出したのは眉娘《びじょう》であった。

「雪媛様！」

「様子は？」

「大丈夫です。どうぞ」

寝台に横たわっていた人物が、雪媛に気づいて起き上がろうとする。雪媛はそのままでいい、というように右手を上げる。

「寝ていろ、燗流《かんる》」

燗流は「申し訳ありません」と、情けなさそうに眉を下げる。

その姿をしみじみ眺めると、雪媛は苦笑した。

「やはり、燗流は燗流だ。どんな時も生き延びる」

息絶えてしまったかと思われた燗流だったが、重傷を負ってはいたものの命に別状はないというのが医師の見立てであった。

「はぁ、そのようです」

少し面映《おもは》ゆそうな様子ではあるが、いつもの調子の燗流だ。

雪媛は改めてほっとする。

「あの場に燗流殿がいてくれなかったら、雪媛様をお守りできたかどうかわかりません。これ以上ないほど、頼もしい護衛です」

労《いたわ》るように青嘉が言った。

すると燗流は、決まり悪そうに視線を彷徨《さまよ》わせる。

「あの……雪媛様」

「なんだ？」

「あの時、てっきり死ぬと思って、結構恥ずかしいことを口走った気がします。ちょっと

忘れていただけますか」

一瞬雪媛はきょとんとしていたが、やがて何のことかと思い当たると、悪戯《いたずら》っぽくにやりと笑みを浮かべた。

「いやだ。ずっと覚えておく」

「……いえ、忘れてくださいって」

「どんなことを仰《おつしや》ったんですか、燗流さん？」

眉娘が興味深そうに尋《たず》ねた。

彼女は燗流が怪我《けが》をしたと聞いて心配し、看病を買って出てくれていた。しかし燗流はそんな恩ある相手に対しても、聞こえないふりをして頑《かたく》なに答えない。

「ふふ。眉娘、悪いが私と燗流だけの秘密だ」

雪媛は燗流の枕元に腰を下ろす。

「感謝する、燗流。――痛い思いをさせて、すまなかった」

「よくあることなので、平気です」

すると雪媛は、燗流の額《ひたい》をぺちんと叩いた。

「え、痛いです」

「平気なはずがあるか！　よく休め。無理は絶対にだめだ」

「はぁ、でもできるだけ早くお傍に戻りたいと――」

「完治するまで許さない！　眉娘、頼んだぞ」

「はい、お任せください」

「燗流殿、どうかゆっくり養生《ようじょう》なさってください。……とはいえ本音を言うと、早めに復帰していただけると助かります。安心して雪媛様の護衛を任せられる人間は、ほかにいませんから」

　青嘉の言葉に、燗流は驚いたように瞬《まばた》きした。

　そして、こくりと頷《うなず》いた。少し照れているようだった。

　あまり長居しては身体に負担がかかるだろうと、二人はその場を後にして再び夜の闇の中へと溶け込む。

　歩きながら、青嘉が尋ねた。

「燗流殿は、どんなことを言ったんです？」

「愛の告白だ」

「…………」

　青嘉は疑わしそうな顔をした。冗談だろうという気持ちと、万が一本当だったらどうするかという気持ちがせめぎ合っているらしい。

雪媛は可笑《おか》しそうに小さな笑い声を漏《も》らした。

「嘘ではないぞ。なかなか熱烈なものだった」

——俺がこういうふうに生まれついたのは……こうして、雪媛様の代わりに、傷を受けるためだったのかも、しれません
——それが、いいです……すべて、意味のある、ことだったの……なら……

彼があんなふうに言ってくれたことは、嬉しく思う。

しかし、燗流の人生がまるで雪媛のためにあったというような考え方は、受け入れるつもりはなかった。彼はあくまで彼という一人の人間で、その人生は彼だけのものであるはずだ。

二人はそのまま、もうひとつの目的の場へと辿り着く。

扉の前で、雪媛はしばし躊躇《ためら》うように立ち止まった。中からはぼんやりとした灯りが漏れていて、人の気配がある。

「——私だ」

静かに扉が開かれた。応対したのは鷗頌《おうしょう》である。

「ああ、ちょうどよかったですわ。先ほどから、雪媛様をお待ちでした」

暗い寝室に、ほんのひとつ、小さな灯りが点《とも》っている。

その光が、寝台の上の人物の顔を闇の中にゆらりと浮かび上がらせた。

彼は雪媛に気づくと、わずかに身じろぎをした。

「せつ、えん、さま」

蚊の鳴くような声音だった。

尚宇《しょうう》は横たわったまま、視線だけをこちらに向ける。

城壁の上で倒れている彼を見つけた時、誰もが死んでいるものと思っていた。だが彼には、わずかに息があったのだ。

生死を彷徨《さまよ》った尚宇が目を覚ました時、命が助かったのは奇跡だと医者は言った。きっとこれも、天のご意志でしょう、と。

「気分は、どうだ」

「……ありがとう、ございます。何度も、来ていただいたと……」

尚宇の意識が戻ってからも、雪媛はまだ彼と話すことができていなかった。来てみれば薬で眠っていたり、熱が出ていたりと、安静を要する状態だったからだ。

尚宇の手を取り、握りしめる。

温かかった。

彼の手が脈を打っていることに、感謝する。

（生きている――）

ぱたり、とその手に、水滴が落ちて弾《はじ》ける。

「雪媛様……」

尚宇が驚いたように目を瞠《みは》った。

雪媛の頬を、涙が一筋、伝っている。

「……すまない、尚宇」

「雪媛様」

「守れなかった……本当に、すまない……」

「……いいえ。守って、いただきました」

わずかに、手が握り返されたのがわかる。

「今まで、ずっと……雪媛様が、お辛《つら》いのをわかっていながら……ずっとあなたに頼ってばかり……守られてばかり……」

悔しそうに、尚宇は涙を浮かべた。

「……私は……少しでもお役に立てたでしょうか。あなたを、守ることが、できたでしょうか……」

雪媛は頷く。

何度も、頷いた。

眩しそうに雪媛を見上げながら、尚宇は何かから解放されたように、安らかな笑みを浮かべた。

雪媛は涙を拭《ぬぐ》い、そんな尚宇を労《いたわ》るように微笑みかける。

「まだ顔色が悪い。これからの私には、お前の力がますます必要になる。その時まで、十分養生に努《つと》めてほしい」

「雪媛様。お話ししなければならぬことが……あるのです……」

「いつでも聞くから、無理はするな。もう休んだほうがいい」

尚宇は微《かす》かに首を横に振った。

「いいえ……今、すぐに……聞いていただかなくては……」

その頑なな様子に、雪媛は訝《いぶか》しむ。

「一体、何の話だ？」

「この国の……次の、皇帝となる方の……ことです」

尚宇は口を開くのも辛そうだったが、一語一語、噛んで含めるかのようにゆっくりと語り始める。

「雪媛様が正式にこの国の主《あるじ》となるには……帝位を禅譲《ぜんじょう》される必要がございます。本来な

らば、夫である陛下から、譲位《じょうい》を受けられる……計画だった。しかし、もはやそれは……叶《かな》いません。これでは正当な手順が踏めず……どれほど事実上の統治者になられても……非難の声があがり……皇帝として認められることは……難しくなる。ですから、このようなことが、あった場合にと……」

尚宇は鷗頌に「あれを雪媛様に」と指示する。

鷗頌は頷くと、一通の封書を雪媛に渡した。

「これは？」

「その場所に……三歳になる少年を、保護しています。先々代の陛下の、ご兄弟の血を引くお方です」

「皇族の、男子……？」

尚宇は小さく頷いた。

「傀儡《かいらい》は、幼く扱いやすいほうがよろしいでしょう……」

それはまるで、雪が降るような光景だった。

白《しら》んだ曇天《どんてん》の下《もと》、真白い紙銭《しせん》がはらはらと舞っている。それと同化するように列をなす

人々の纏《まと》う白い衣《ころも》と、高々と並ぶ白の幡《はた》が風に揺れ、世界を一層冬の色に染め上げていく。

碧成の葬儀は、雪媛が宣言した通りすべて彼女の差配によって執《と》り行われた。

本来であれば皇后である衛国公主《えいこくこうしゅ》こそが、現状ではこの国の最高位にあり、この場を取り仕切るべき人物である。しかし異国出身であり、碧成に嫁《とつ》いで間もない若年《じゃくねん》の彼女を担《かつ》ぎ上げようとする者はほとんどいなかった。何より公主自《みずか》らが、生き残った碧成の臣下たちにこう呼びかけたのだ。

「新たな皇帝が立つまでは、皇后の名において柳雪媛様にすべてを一任いたします」

内心でどう思っているかはさておき、誰も表立って彼女に異を唱える者はなかった。

納棺《のうかん》が済むとすぐに、新たな皇帝の即位の儀が執り行われた。

亡き皇帝の棺《ひつぎ》の前で、新皇帝は玉璽《ぎょくじ》を受け取り、即位の号令が発せられる。この場においては誰もが晴れ着に身を包み、新たな皇帝を慎《つつし》んで迎え入れた。

碧成の亡骸《なきがら》を納めた棺の前に現れたのは、目の覚めるような緋《ひ》色の衣を纏《まと》い、幼子を大事そうに抱きかかえた雪媛であった。

彼女はたった三歳の少年——名を憺寿《あんじゅ》という——の代わりに恭《うやうや》しく玉璽を受け取ると、まるで母のように彼を臣下たちの前に立たせてやった。万歳が連呼される中で、少年の傍らに佇《たたず》みながら、彼らを睥睨《へいげい》する。

その姿を目にした者は、皆理解した。

これより先は、柳雪媛こそがこの国の最高権力者なのだと。

もちろん雪媛は、誰が見てもそうとわかるよう、あえてそのように振る舞ったのだ。

新たに皇帝となった幼子に政《まつりごと》が務まるはずもなく、当然のように雪媛によってあらゆることの裁可が下されるようになった。

中でも雪媛がすぐに対処しなくてはならなかったのが、罪人たちの処遇であった。

環王に対し、雪媛は流刑《るけい》を言い渡した。

本来であれば死刑に相当する罪ではあったが、謀反人《むほんにん》とはいえ皇族の命を奪えば、彼女に対し否定的な感情を持つ者も出る。彼女が皇統を絶やして自らの王朝を作り上げた、と謗《そし》られる材料は消しておきたかった。今後彼女が政を行う上での最善を考えた結果である。

もちろん、環王をこのまま生かし続けておくつもりはない。

(災いの芽は、摘《つ》まねばならない)

やがてほとぼりが冷めた頃、彼が病《やまい》で命を落としたという知らせが届くだろう。

環王の命を助けた反動のように、皇帝である碧成をその手で殺めた唐智鴻《とうちこう》に対する裁きは、おのずと厳しいものになった。当然、碧成の臣下たちは誰もが彼の極刑を望み、民の間からさえ智鴻をただちに処刑せよという声が上がっていた。また、かつての昌王《しょうおう》謀反に

関して彼が関与していた事実も俎上《そじょう》に載《の》せられ、柏林《はくりん》が目撃者として証言を行った。

刑を決定する際、芳明《ほうめい》は雪媛にこう言った。

「私や天祐《てんゆう》にご配慮いただく必要はありません。彼はそれだけ、重い罪を犯《おか》したのです」

雪媛は唐智鴻に、斬首刑を言い渡した。

彼は刑の執行直前まで切々と自分の無実を訴えていたというが、その最期《さいご》を雪媛が目にすることはなかった。首は腐り落ちるまで晒《さら》されたので、芳明はその間、天祐を決して市《いち》には近づけさせなかった。

彼らに続き、雨菲《うひ》もまた、謀反に関わった罪により裁かれた。

それに先立ち、雪媛はある人物を召し出していた。

「――お痩《や》せになりましたね、蘇大人《そたいじん》」

久しぶりに顔を合わせた蘇高易《こうえき》は、頬はそげ、目は落ちくぼみ、髭《ひげ》に交ざる白いものがすっかり増えていた。

雨菲が謀反に関わり、父親である彼もまた関与していたのではないかと疑われ、浙鎮《せっちん》で投獄されていたと聞いている。察するに、その待遇はひどいものだったのだろう。一気に老《ふ》け込んだように見えた。

平伏していた高易は、皺《しわ》の刻まれた顔をゆっくりと上げた。

「どうか楽になさってください。あなたを罪に問うためにお呼びしたのではありません。娘御《むすめご》のなさったことは、すべてあなたのあずかり知らぬことであった。そうでございましょう」

「娘のしたことは、決して許されることではございません。また、陛下を弑《しい》した唐智鴻を政権の要職に推挙したのもこの私。この者たちの行いを止めることのできなかった私は、大罪人でございます。どうか罰してください」

「……どのような罰を、お望みですか？」

「死を」

きっぱりと、高易は告げた。

「この国に、すべてを捧《ささ》げると誓った身でございます。もはや命でしか償《つぐな》えませぬ」

雪媛が後宮《こうきゅう》にあった頃、彼はどこまでも邪魔な男であった。碧成の後ろ盾《だて》であり、確かな功績と実力によって盤石《ばんじゃく》なる地歩を占め、正論を振りかざす。彼の言葉に碧成も逆らうことができず、雪媛が政に関わることを阻《はば》んできた男。

だが、そこに私欲はないのだ。それはわかっていた。

彼は真に、国に尽くす人物であった。

（だからこそ、最も厄介《やっかい》な相手だった）

排除することも味方につけることも容易ではない。そんな人物であるからこそ、碧成にとっての真の臣下と呼べるのは彼だけであったのだ。

「ひとつだけ、伺《うかが》いたいことがございます」

「なんでしょうか」

「陛下は、あなたを守って、命を落とされたと聞きました」

「ええ」

「どのような、ご最期であられたか？」

彼は、あくまで平静を保っている。

しかしその目の奥には、まるで息子を亡くした父のごとき喪失感が満ちている。

雪媛は胸の奥にじわりと、罪悪感が湧いてくるのを感じた。

「陛下は……大層、勇敢《ゆうかん》であらせられました」

実際、あれほど弱った身体でどうしてあんなことができたのか、と思う。

「私が無事でよかった、と申されました。そして、幸せそうに微笑まれて……。眠りにつかれた時には、これまで見たこともないほど、安らかなお顔をしておいででした」

「……左様《さよう》でございますか」

高易は堪《こら》えるように、目を瞑《つぶ》る。頬に刻まれた皺がくっきりと浮かび上がり、彼の中の

悔恨《かいこん》と苦悩が滲《にじ》み出ているようだった。

やがて大きく息をつくと、しっかりと面《おもて》を上げた。

それは、かつて目にした重臣蘇高易の顔であった。

「それを聞けて、安堵いたしました。もはや悔いはございません。いかようにも処断ください」

「蘇大人。この国は、新たな皇帝を戴《いただ》き、新たな道を進み始めています。戦《いくさ》により民は疲《ひ》弊《へい》し、政情も混乱しており、なすべきことは山積している。私は微力ながら陛下を補佐する立場にありますが、一人では何もできません」

雪媛はゆっくりと歩み寄ると、高易の手を取った。

「力を、貸していただけませんか」

高易は、無言のままじっと雪媛を見つめる。

「あなたが私のことを、よくお思いでなかったことは存じています。ですが私は、あなたが誰よりも公正で有能な方だと、尊敬しております。それは今も変わりません。自分や娘の助命を請《こ》うでもなく、亡き陛下の最期を気にかける、そういうお方こそ今の朝廷には必要でございます」

「……この私に、政に参画《さんかく》せよと申されるか」

「はい」

「お断りいたします」

にべもない口調であった。

「あなたに仕えるつもりはない」

雪媛はそっと、握っていた手を放した。

「私は後宮の女人《にょにん》が表のことに口を挟むのは、災いしか生まぬと思っております。今でもそれは変わりません。ですから、あなたに頼るような陛下の姿勢には賛同できなかった」

その物言いに、雪媛は笑む。

「そういうところが、蘇大人らしい」

「此度《こたび》、陛下の奪還に力を尽くし、大きな功を立てられたのは事実。今の皇室には適当な年頃の男子がおられぬ故《ゆえ》、新帝が幼いことは致《いた》し方《かた》ないでしょう。それを支える摂政《せっしょう》が必要であるのも当然。皇后様が――いえ、すでに皇太后《こうたいごう》様でいらっしゃるが――あなたをその座に推《お》したことも聞いております。しかし」

きっぱりと、高易は言った。

「あなたは、この国の主《あるじ》ではない」

「仰《おっしゃ》る通りです、大人。私は陛下をお助けするだけの身」

ですが、と言いつのる。

「あなたが仕えるのは私ではない。この国でございましょう」

「…………」

実際雪媛は、彼の忠誠など求めてはいなかった。それは絶対に得られないものだとわかっている。

だが、その力は必要だ。先帝の妃《きさき》であり、女である雪媛がこのまま無風で政に関われるとは思っていない。碧成に仕えていた旧臣たちからの反発は必ずある。だが彼らを一掃するわけにもいかないのだ。それでは国が立ち行かない。

特に独護堅《どくごけん》は浙鎮軍を都へ向けたことで雪媛の勝利に貢献《こうけん》した相手であり、これを無下《むげ》に扱うわけにはいかなかった。

彼を最終的に決断させたのは娘の芙蓉《ふよう》だったと、浙鎮に残っていた飛蓮《ひれん》から戦《いくさ》のあとに知らされた。雪媛の前ではあれほどに頑《かたく》なであった彼女も、娘の平隴《へいろう》公主のためだ、と父親を説得したのだという。

芙蓉は碧成の葬儀に参列して以来、娘とともに雪媛が用意させた別宮に入り、ひっそりと暮らしている。碧成の治世を受け継ぎ現皇帝を支えるという立場を取る雪媛としては、先帝の唯一《ゆいいつ》の子を持つ彼女の処遇には配慮が必要であったし、公主の祖父である護堅はそ

の威光を今後も笠《かさ》に着て振る舞うに違いない。

護堅にはいずれ退場してもらうつもりだ。彼が芙蓉のために雪媛を殺そうと刺客《しかく》を差し向けたこと、飛蓮の父を陥《おとし》いれたことはほぼ間違いない。いずれも今のところ証拠はなく裁くことはできないが、雪媛の見立てでは、かつて吏部尚書《りぶしょうしょ》であった文《ぶん》氏を失脚させたのも彼の仕業《しわざ》だし、ほかにも叩けばいくらでもほこりの出る身であろう。

確実に仕留めるために、時間をかけて準備する必要がある。それまでは、しばらくうまく手綱《たづな》を握るしかない。

雪媛には、こうした旧臣たちを相手に渡り合える確かな実力者が必要だった。

「あなたがすべてを捧げると誓った国とは、皇帝のみを指すのですか。これほどに混乱し傷ついたこの国を、あなたは見放すと仰る。まだ、成すべきことがあるはず。その命は、そのためにあるのでは？」

高易は押し黙ったままだ。

雪媛は、口調を変えた。

「……雨菲殿については、死罪にせよとの声も上がっております」

「当然です。私が裁く身であれば、同じことを申したでしょう。娘のしたことは、死に値《あたい》します」

「蘇大人。あなたが私を助けてくださるなら、雨菲殿の罪について、私は再度検討いたしたいと思います」

それは気づくか気づかないかという、ほんの一瞬のことだった。

高易の瞳が、わずかに揺れた気がした。

「無論、無罪放免とはまいりませんが。……命が助かる方法は、ございます」

「──公正な裁きを、すべきでございます」

「この国の未来を築くためには、人材が必要です。それを得るためであれば、私には必要な対価を提示する用意がございます。先帝をこの腕の中で看取《みと》った私には、託されたものがあると考えているからです」

この男が、どうしてもほしい。

この状況で、娘の命乞いもしない。何より亡き碧成のことを想い、雪媛の交換条件を公正でないと非難する。

(厄介な男だ。だが、だからこそほしい)

「時間はございます。どうか、よくお考えください。──誰か。蘇大人がお帰りになる。お送りせよ」

扉が開くと、高易は立ち上がった。

送れ、と言ったのは実際のところ、監視せよという意味だ。今もその行動は、逐一《ちくいち》報告させている。

部屋を出ようとした高易はふと、立ち止まって雪媛を振り返る。

「陛下が、あなたを助けて亡くなられたと聞いた時……私は、あなたをお恨み申しました」

「……ええ。当然でございましょう」

「ですが……そうですか。お幸せそうでしたか……」

高易は遠い目をしている。慈愛を含んだその瞳は、ひどく温かい。

それ以上は何も言わず、彼は静かに去っていった。

蘇高易が雪媛の動かす朝廷に名を連ねることとなるのは、それからしばらく経《た》ってからのことだった。

# 十章

碧成《へきせい》の葬儀からまもなくして、燦国《さんこく》から嫁《とつ》いできた衛国公主《えいこくこうしゅ》はにわかに体調を崩した。そしてその数日後、まるで夫の後を追うかのように、彼女は呆気《あっけ》なく息を引き取った。

ほとんど表舞台に姿を見せることのなかった皇太后《こうたいごう》の存在感は薄く、雪媛《せつえん》によって滞《とどこお》りなく葬儀が執《と》り行われて後《のち》、彼女の名は人々の記憶からはすぐに忘れ去られていった。

ただし、浙鎮《せっちん》の後宮《こうきゅう》に暮らした女たちだけは違った。

彼女たちは亡くなった公主を悼《いた》んで涙を流し、「あんなにも立派な皇后《こうごう》様はほかにおられなかった」と後世まで語り継いだという。その結果、衛国公主は後《のち》の時代において、皇后の鑑《かがみ》として伝説的に語られることになる。

そんな中、金孟《きんもう》のもとに一人の少年がひっそりと預けられたが、世間はそんな小さな出来事など知らぬまま、新たな流れの中に身を委《ゆだ》ねていた。

「青嘉《せいか》殿、雪媛様がお呼びです」

芳明《ほうめい》が青嘉に声をかけてきたのは、すでに夜も更《ふ》けた頃だった。

幼い新帝が即位して以来、雪媛はかつて後宮で暮らした琴洛殿《きんらくでん》ではなく、皇帝の居殿《きょでん》である華陵殿《かりょうでん》の傍近《そばちか》くに住まうようになった。そうすることで、より彼女と皇帝の同一化を周知させているのだ。

碧成の葬儀に合わせて都へと呼び寄せた芳明は、以前のように雪媛の傍に侍女《じじょ》として仕《つか》えている。

ただし、それはそう長くは続かないかもしれない。息子の天祐《てんゆう》とともに暮らしたいという彼女の意向を雪媛は叶《かな》えたいと思っているし、まだ正式な夫婦にはなっていないものの、そのうち瑯と所帯を構えることになるだろう。

青嘉が訪ねると、雪媛は寝所《しんじょ》で薄い夜着を纏《まと》いながら、山積みになった報告書の束に目を通しているところだった。

「こんな時間まで政務を？」

「いくら時間があっても足りない」

青嘉は近くに置いてあった羽織を手に取ると、そっと彼女の肩にかけてやる。冬至《とうじ》も過ぎたこの時季、火鉢《ひばち》があるといっても彼女の恰好《かっこう》はあまりに寒々しかった。

ふと、その羽織がかつて秋海《しゅうかい》が彼女に贈ったものであると気づく。それは、雪媛が皇后

となる直前の、最後に顔を合わせた晩にも彼女が身に着けていたものだ。

「この羽織、無事だったのですね」

あれから流刑《るけい》となり、都へ戻ってからは夢籠閣《むろうかく》に囚《とら》われ、彼女の私物はとっくに処分されているかと思っていた。

「これは配流《はいる》された先にも、後宮に戻った時にも携《たずさ》えていた。夢籠閣に入ってからは、どこへ行ったかわからなくなったけれど……昨日、芳明が見つけてきてくれたんだ」

少し躊躇《ためら》うように、雪媛は羽織をそっと撫でた。

「陛下が、私の持ち物を倉に保管させていたらしい。琴洛殿時代のものも、すべて揃《そろ》っていた」

「……そうですか」

碧成の話になると、いつも雪媛の表情はわずかに翳《かげ》った。

「秋海様は、いつこちらへ？」

「年が明ける前には、江良《こうりょう》が連れてくるはずだ」

雪媛が都へ侵攻する間蓬州《ほうしゅう》に留《とど》まっていた江良は、雀熙《じゃくき》とともに物資の供給などの後方支援と北部の復興に尽力《じんりょく》していたが、雪媛はこの二人にできるだけ早く都へ上るようにと促《うなが》していた。蘇高易《そこうえき》とは別に、彼女が心から信頼する者たちを傍に置く必要があるからだ。

　雀熙は今しばらく蓬州に留まり、江良が一足先に戻るという文《ふみ》が届いたのは、数日前のことだ。その途上で、匿《かくま》っていた秋海を迎えて都へと伴うつもりだという。

「お母様には、随分《ずいぶん》と苦労をかけた。これからはいつでも会えるようになる。ようやく、親孝行ができる……」

　青嘉は、最後に会った際の秋海の姿を思い返す。

　彼女が負った怪我《けが》のことは、まだ雪媛には話していない。恐らく、江良も。

「青嘉」

「はい」

「王家《おう》には、帰らないのか」

　青嘉は押し黙った。

　都へ戻って以来、彼はまだ一度も王家の屋敷に戻っていない。

　無事であることは知らせてあるが、戦後の忙しさを理由にして足を向けられずにいる。

　今は潼雲《どううん》や瑯《ろう》とともに、兵舎で寝起きをしていた。

　帰れば、珠麗《しゅれい》がいる。彼女に、どんな顔で会えばよいかがわからないのだ。

　芳明の証言から、彼女が芙蓉を流産させようと紅花《べにばな》を飲ませたこと、芳明に罪を擦《なす》り付け雪媛を罠《わな》に嵌《は》めたことは明白だ。

皇帝の子を殺したのだ。その罪は重い。

裁かれるべきだとわかっている。

しかしこれまで雪媛は、この件について一切触れることはせず、珠麗を罪人として捕らえようとはしなかった。

「明日、珠麗を訪ねようと思う」

雪媛の言葉に、青嘉ははっと息を呑む。

「一緒に来るか？　来るか、といっても、まぁお前の家だが」

「……義姉上《あねうえ》を、どうなさるおつもりですか」

思いがけず、厳しい口調になった。

一瞬、雪媛の目が冷たい光を宿した気がした。

「どうしてほしい？」

「…………」

「皇帝の子を殺し、芙蓉を絶望の淵《ふち》に突き落とし、芳明を拷問《ごうもん》にかけて大怪我《おおけが》を負わせ、私を都から追放した。どんな刑が妥当《だとう》だ？」

「……申し訳ありません。俺が口を出すことでは、ありませんでした」

雪媛は立ち上がり、青嘉の首にゆっくりと手を回す。ぶらさがるようにしなだれかかる

と、耳元で囁《ささや》いた。

「寝る。連れていけ」

両手で彼女を抱き上げ、青嘉は寝台へとその身を運んだ。

雪媛は、じっと青嘉を見つめる。

「今日はここで寝ろ」

戦《いくさ》が終わり新帝が即位してからも、二人はいまだ一度も床《とこ》をともにしていなかった。すぐ傍にいるのに触れることもなく、気持ちに蓋《ふた》をしたように過ごす日々は、あたかもかつて後宮にいた頃に戻ったかのようであった。

今の雪媛の立場は微妙なものだ。碧成がもうこの世にないからといって、夜な夜な男を寝所《しんじょ》へ連れ込んでいるなどと言われれば、彼女の台頭を内心で快《こころよ》く思っていない者たちが何を言いだすかわからない。

明確に取り決めたわけではない。それでも、雪媛も青嘉も、自然と互いに距離を置き続けていた。

ただ青嘉が思うに、雪媛が彼に触れようとしないのは、ほかに大きな理由がある気がしていた。

碧成への弔《とむら》いの想いと、罪悪の念。

青嘉は、思わず身を引く。

「……いえ。俺は、兵舎へ戻ります」

すると雪媛は一瞬目を瞠《みは》り、そして可笑《おか》しそうにくつくつと笑った。

「なんですか」

「いや、思い出して。お前が初めて琴洛殿にやってきた頃、芳明を使ってお前を誘惑《ゆうわく》させたことがあっただろう。ところがお前はあれだけの美女に迫られても、大真面目《おおまじめ》に説教を垂れて帰っていった」

「……それは」

もう、恐ろしく昔のことに思える。

実際、前世の記憶も足せば青嘉の中では何十年も前の話だ。

「変わらないな、お前は」

雪媛は笑いながら、子どもにするようにくしゃくしゃと青嘉の頭を撫でる。青嘉はぶすっとして「やめてください」と不満を口にした。

雪媛は、ふと笑みを引っ込める。

「……私は、ずっとこのままでいるつもりはないぞ、青嘉」

強い光を湛《たた》えた瞳が、青嘉を射る。

「いずれ私は、皇帝となる。必ずだ。その時、私の傍《かたわ》らに伴侶《はんりょ》がいるのは当然のことだろう」

「雪媛様……」

「私の隣で、お前は私と同じ景色を見るんだ、青嘉」

それは瑞燕国《ずいえんこく》へ戻って以来、迫り来る問題にだけ目を向けていた雪媛の口から、初めて語られた未来の話だった。

「これから、ずっと――」

雪媛の顔が近づいて、柔らかな感触に唇を塞《ふさ》がれる。

引き寄せられるまま、青嘉はその身を重ねた。

先ほどの雪媛の言葉は間違いだ、と思う。

自分は変わった。

こうして雪媛に求められれば、拒《こば》むことなどできなかった。

約一年ぶりに帰ってきた自邸の門は幼い頃から変わらぬ威容で、荒れた様子もなく、青嘉はわずかに安堵《あんど》した。

馬を降りながら『王府《おうふ》』と書かれた扁額《へんがく》を見上げる。

青嘉が雪媛を連れて出奔《しゅっぽん》したことで、環王が皇帝を名乗っている間はさぞ苦しい立場であったに違いなく、実際監視下に置かれた屋敷は兵に囲まれていたと聞いている。それでも、家令《かれい》からの文によれば誰も怪我などすることなく無事で、主不在の中で珠麗が気丈《きじょう》に皆を盛り立ててくれた、という。

先触れもなく青嘉が門を潜《くぐ》ると、驚いた家令が喜色を浮かべて出迎えてくれた。

「旦那様！　よくぞご無事でお戻りくださいました！」

「心配をかけた。皆には辛《つら》い思いをさせたな……すまない」

「何を仰《おっしゃ》いますか！　さぁ、どうぞ中へ！　急なお帰りでしたので、ろくなお出迎えの用意もできず申し訳ございません。お食事がまだでしたら、すぐに何か──」

家令は、はたと言葉を途切れさせた。

口を開いたまま、青嘉の後に続いて現れた女性の姿を凝視《ぎょうし》している。

そして慌《あわ》てて平伏し、「こ、こ、これは……神女様！」と震えた。

簡素な平民の恰好《かっこう》をした雪媛は、

「よい。顔を上げよ」

と煩《わずら》わしそうにする。

そうはいっても、現在この都で彼女を前に平静でいられる民などいなかった。

幼い皇帝の摂政《せっしょう》として、この国を実質的に統《す》べている人物であると、すでに都の誰もが知っている。

何より、逆賊である環王から都を解放した救世主として、神女という呼び名以上の、熱狂的ともいえる崇拝の対象であった。

「珠麗はいるか」

「は、はいっ！　お、お部屋においでかと……」

「話がある。呼んでくれるか」

「承知つかまつりました！　……誰か！　誰か、急ぎ珠麗様をお呼びせよ！」

近くにいた女中が慌てて駆けていく。それを見送り、家令は「こちらへどうぞ」と平身低頭で客間へと案内した。

「すぐに茶を用意させます」

「構わなくてよい。これはお忍びだ。私がここに来たことが、外に漏れぬように計らってほしい」

「かしこまりました。必ず、そのように」

緊張のあまり汗をかきながら退出した家令の様子に、雪媛は苦笑する。

「大仰《おおぎょう》だな」

「今の雪媛様は、以前とは違いますから」

やがて、茶器一式と茶菓子が運ばれてきた。女中頭《がしら》が、こちらも雪媛に対し少し浮き足立つような調子で挨拶《あいさつ》した。

「神女様、珠麗様はただいま身支度を整えられております。申し訳ございませぬが、しばしお待ちいただきたいと」

「もしかして義姉上は、体調がすぐれないのか？」

そうであれば、無理をして起き上がろうとしているのかもしれない。

「寝込んでいたなら……」

「あ、いいえ。このところはお元気でいらっしゃいます。急なことでしたので、ご無礼があってはならないと仰って」

「珠麗の部屋はどこだ？」

雪媛が立ち上がると、女中頭は返答に窮《きゅう》して狼狽《うろた》えた。

「えっ、あの……」

「これでも忙しい身の上だ。気を遣《つか》わせてしまって申し訳ないが、悠長《ゆうちょう》に着替えを待つ時間がない。どこだ？」

「それは、そのう……」

教えてよいのかどうか、と困惑《こんわく》したように青嘉を窺《うかが》う。

「よい。俺が案内するから下がっていろ」

「は、はい」

「こちらです」

青嘉は雪媛を連れて部屋を出る。

「……逃げたと思うか？」

冷静な口調で雪媛が尋《たず》ねた。青嘉は、首を横に振る。

「そういう人では、ありません」

「まぁ、表も裏もすべての門に兵を立たせてあるし、逃げ道はないがな」

珠麗の部屋まで辿《たど》り着くと、青嘉は自分がわずかに緊張していることを自覚した。

彼女と顔を合わせるのは、あの時——婚礼を拒《こば》み、呼び止める珠麗を残してこの家を飛び出して以来だ。

涙を湛《たた》え、唇を震わせていた珠麗の顔を思い出す。

そもそも珠麗も、彼に会うこと自体が気まずいのかもしれなかった。

意を決して扉越しに声をかけようとした時、中からガタン！　と何かが倒れるような音

が響いた。

（？　なんだ？）

「義姉上。青嘉です。ただいま戻りました」

沈黙が返ってくる。

「義姉上。雪媛様が、お会いしたいと申しております」

やはり、返事がない。

おかしい、と思った。青嘉は躊躇わず扉の取っ手を掴む。

「義姉上、失礼いたします」

勢いよく扉を開くと中へと飛び込み、そして凍りついた。

珠麗の足が、宙に浮いている。

白布で首を括《くく》った彼女の足下には、椅子が倒れていた。

「――義姉上！」

急いで椅子を立てて飛び乗ると、珠麗の身体に手を伸ばした。

状態を確認する。すでに意識はない。

先ほどの、あの音。椅子を蹴ったのは、つい今しがたのことに違いない。ならばまだ間に合うはずだ。

珠麗の身体は驚くほど軽かった。その身を降ろして床に横たえると、青嘉は声を上げた。

「誰か！　すぐに医者を呼べ！」

駆けつけた女中頭が、悲鳴を上げて慌てふためき、急いで引き返していく。

呼吸を確認した。

息をしていないとわかると、すぐに両手で胸部を何度も圧迫する。

「義姉上！　義姉上！」

必死に声をかける。

（まだ、まだ死ぬには早い――あなたは、本来もっと長く生きるはずだった！）

「――珠麗！」

その名を呼びかける。

突然、珠麗が激しく咳《せ》き込んだ。

痙攣《けいれん》するように身体が震える。やがてそれが収まると、瞼《まぶた》がわずかに開き、珠麗のぼんやりとした瞳が青嘉を捉《とら》えるのがわかった。

「……義姉上！」

血の気《け》の引いた顔で、珠麗はこちらを見上げている。

「何故、こんな……！」

涙を堪えながら、青嘉は自分の手が震えているのに気づいた。

恐怖と安堵、そして苛立《いらだ》ち。己が変質させた世界で、本来長生きするはずであった彼女が死ぬかもしれなかったという事実に、自分に対してどうしようもなく腹が立っていた。

どうしてこんな事態を招いてしまったのだろう。

音もなく、雪媛が珠麗の傍らに膝《ひざ》をつく。

まだぐったりとしている珠麗は、雪媛にその眼差《まなざ》しを向けた。苦しそうに唇を動かそうとする様子に、青嘉は思わず制止した。

「義姉上、どうか安静に。無理は――」

珠麗は震える手で、青嘉の腕を弱々しく摑んだ。

起き上がろうとしているのだ、と気づいて、青嘉は彼女の背中を支えるように慎重に抱きかかえてやる。

少し息をついて、珠麗は口を開いた。

「芙蓉様に……紅花を飲ませたのは……私です」

か細い声だった。

雪媛は責めるわけでもなく、ただ、静かに問いかけた。

「――何故だ？」

労《いたわ》りすら感じられる、落ち着いた声音《こわね》だった。

「何故、そんなことをした？」

「……私は、あなたが……憎う……ございました……雪媛様……」

ぎくりとして、青嘉は彼女を抱いた腕の感覚に冷えたものを感じた。

「私の大事なものをすべて……奪っていく……」

そう言って、ぎゅっと目を瞑《つぶ》る。

「青嘉殿も……志宝《しほう》も……」

「……志宝？」

雪媛は怪訝《けげん》そうに眉を寄せた。

「あなたが、いなくなればいいと……苦しくて……どうしようもなかった……」

「義姉上……」

「すべて私の……せいです……芳明様にも……本当に申し訳ない、ことを……」

「詫《わ》びなら、本人に直接するがよい」

雪媛は、彼女の手を握りしめた。

「それまで、死んではならぬ、珠麗」

珠麗の頬を、つうと涙が伝っていく。

「……あなたは、強くて……眩しすぎる……私ごときが……恨むことすら、烏滸《おこ》がましい……お方でした……わかっていた、はずなのに……どうしようも、なくて……」

苦しそうに眉を寄せる。

「こんな自分を……知りたくはありませんでした……こんな、恐ろしくて、真っ黒な、気持ち……」

「もう、喋《しゃべ》るな」

「……私の罪です……どうか、王家へのお咎《とが》めが……ないように……」

瞼を閉じた珠麗は、力が抜けたように青嘉に身を預けた。

「珠麗！」

青嘉が脈を取る。

「医者はまだか⁉」

かつん、かつん、と何かが地面を突くような音が近づいてきた。音は部屋の前で止まり、開け放ったままの扉の向こうに、小さな影が現れた。

「……母上？」

雪媛ははっと振り返る。

真っ青な顔で倒れている母の姿に、志宝が呆然と立ち尽くしている。

「志宝……」

「母上……？　母上っ！」

彼はもどかしそうに杖《つえ》を支えにして、珠麗のもとへと近づいていく。

その仕草を、雪媛は驚愕し見つめていた。彼女の黒い瞳は、彼が引きずっている右足に吸い寄せられ、引き剝《は》がせないでいる。

「何があったのですか？　母上は……母上はどうしたのですか、叔父上《おじうえ》⁉」

泣きそうになりながら母に取り縋《すが》る志宝を宥《なだ》めながら、青嘉は雪媛の気配が変わるのを感じた。

彼女の面《おもて》からは、すうっと表情が搔き消えていた。


寝台の上に寝かされた珠麗の胸が、静かに上下している。

起き上がれるようになるまでには時間はかかるが、命は助かったと医者から聞かされ、青嘉は胸を撫で下ろした。

雪媛はすでに皇宮へと戻っている。

傍についていろ、と言われ、青嘉は王家に留まった。珠麗の枕元では、ずっと母から離

れようとしなかった志宝が疲れ果てて眠ってしまっている。

小さなその身体を抱《かか》え上げると、起こさぬように彼の部屋まで運んだ。

落馬して志宝の足が不自由になったことは、これまで雪媛にはずっと伝えることができずにいた。回復を願った珠麗が、息子の怪我を外部に頑《かたく》なに伏せていたからだ。

「――何故、言わなかった？」

王家を出る際、見送りに出た青嘉に対し、雪媛は厳しい口調で尋ねた。

「申し訳ございません」

「珠麗が賢妃《けんひ》に仕《つか》えていた頃……志宝が怪我をしたと言って王家に帰したことがあったな。あの時の怪我か？」

「はい」

「原因は落馬だったと聞いた」

「はい」

「志宝は、私が贈った馬に乗っていたのか？」

「……はい」

雪媛はぎゅっと表情を強張《こわば》らせた。

「完治する見込みは、あるのか」

「……もう、元のようには歩けないだろうと言われております」

するとと雪媛は、吐き捨てるように笑った。

「それで、珠麗はあんなことを……」

すべてを奪っていく、と珠麗は言った。青嘉も、そして志宝も。

「息子の未来を奪った私を、憎んで当然だ」

「それは違います」

しかし雪媛は聞こうとせず、頭《かぶり》を振った。

「もう戻れ。……志宝に、ついていてやれ」

項垂《うなだ》れるように去っていく雪媛の、いつになく力ない背中を思い出しながら、志宝をそっと寝台に寝かせてやる。

本来であれば、青嘉の跡を継ぐ将軍となっていた甥《おい》。青嘉の知る彼は、勇敢で誠実で、多くの者に慕《した》われていた。

その未来は、もう決してやってこない。

小さな寝息を立てている志宝の頭を撫でながら、今頃雪媛は何を思っているだろう、と気がかりだった。

翌日皇宮へと戻ると、雪媛はちらりと彼を見て、

「しばらく王家にいてもいいんだぞ」

とそっけなく告げた。

「義姉のことは、家の者に任せてありますので」

「志宝の様子は」

「母親に、ずっと付き添っています」

「――珠麗は、都から追放とする」

青嘉ははっとした。

「志宝には、病《やまい》の療養のために空気のよい場所へ行くと言え。母親に会いたければ、会いに行かせてやっていい。ただし珠麗は、二度と都に足を踏み入れることを許さぬ。生涯、生まれてこなかった子の菩提《ぼだい》を弔《とむら》って生きよと伝えよ」

本来であれば、彼女のしたことは確実に死罪にあたる。これはひどく温情ある措置といえた。

「芳明も、それでいいと言ってくれた。死んだ子の父である陛下はすでにいらっしゃらない。芙蓉は私が犯人だと今も思っている。真犯人を捕らえ、罪を明らかにせよと訴える者はこの世にいない。だから、公《おおやけ》に裁きにかけて罰することはせぬ」

「芳明が……それでいいと？」

「芳明自身は、もう珠麗の顔も見たくないそうだ。決して、許したわけではない。だが、天祐は志宝と仲良くなったらしいからな。あの二人は血のつながった親戚でもある。天祐が遊びに行きたければ、王家を訪ねてもいいかと言っていたぞ」

「雪媛様は、それでよいのですか」

すると雪媛は、口の端《はし》を歪《ゆが》めた。

「珠麗は、私とよく似ている」

「……?」

「己の願いを叶えるために、手段を選ばぬ。その結果がどれほどこの世に害を及ぼそうと、人を傷つけようと——始まりはほんの些細《ささい》な一個人の感情からで、大事なのは自分のことばかりだ。大義名分などなく、ただただ、己のため」

「雪媛様」

「私に彼女を裁く資格など、本当はないのだ。私だって、身勝手な理由で赤子を殺した」

「それは——」

「自害することを厭《いと》わぬ者には、長い生涯をもって罪を背負い償《つぐな》い続けることのほうが、むしろ辛いだろう。これが、珠麗への罰だ。王家の次期当主の実の母が、罪人では私も困る」

青嘉は膝をつき、雪媛に向かって平伏した。

額《ひたい》が床に擦《こす》れるのを感じる。

「――寛大な処置に、感謝いたします」

「志宝のことは、私に責任がある。もとを正せば珠麗の罪はすべて、私が原因を作ったようなものだ」

「いいえ、それは違います」

青嘉は顔を上げる。

「どんな理由があろうと、罪を犯した者に責任があるはずです」

「………」

雪媛の表情は晴れなかった。

「雪媛様。江良殿がお見えでございます」

江良の来訪を告げる芳明の声が響く。

雪媛は少しだけ心の準備をするように目を閉じ、やがて「通せ」と彼を迎え入れた。青嘉は立ち上がり、脇へと下がる。

「雪媛様、ご挨拶申し上げます」

入室した江良は、恭《うやうや》しく礼を取った。

「江良、よく来てくれた。蓬州の様子は？」

「だいぶ落ち着いてまいりました。まだ国境付近は油断できませんが、雀煕殿が残っておりますので問題ないかと」

「そうか。お母様は？　連れてきたのだろう？」

「はい。柳家の屋敷にお入りでございます」

雪媛の顔に、喜色が浮かんだ。

「すぐに会いに行く。芳明、支度を」

「雪媛様、その前に――」

前のめりになる雪媛を遮《さえぎ》るように、江良は言った。

「お伝えすべきことがございます」

そう告げながらも江良は躊躇うように、口を噤《つぐ》んだ。

伝えるべき言葉を、慎重に選んでいる様子だった。

その様子に、雪媛は不穏な気配を感じたようだった。

「これまで秋海様から、雪媛様には黙っているようにと申しつかっておりました」

江良が何を話そうとしているのか気づいた青嘉は、思わず「江良！」と声を上げた。

（今は――今の雪媛様には）

耐え難《がた》いに違いない。

志宝の件で、ただでさえ心が塞《ふさ》いでいるというのに。

「その話は、今でなくても……」

「秋海様からも頼まれているんだ、青嘉。事前に、心の準備をしていただくようにと」

「………」

それ以上、止めるべき言葉が見つからない。

雪媛は不安そうに、身を乗り出す。

「なんだ？　なんの話をしている？」

やがて江良が語り始めると、雪媛の表情は凍りつき、やがて言葉を失った。


柳家の屋敷へと到着するまでの間、雪媛は一言も口を開かなかった。

先導する江良と、雪媛の後ろを馬で走る青嘉は、そんな彼女を気にかけながら付き従う。

やがて柳家の前で馬を降りると、雪媛はその場で足を止めた。逡巡《しゅんじゅん》するように門を見上げ、馬の首元に手を当てながらその温《ぬく》もりを支えにするように、じっと動かない。

青嘉と江良は、互いに視線を交わした。

「……雪媛様」

声をかけると、雪媛はようやく前を見据え、馬を使用人に預けて歩き出す。二人もそれに続いた。

中庭で娘を待っていた秋海は、にっこりと笑って彼女を迎えた。

「雪媛」

「お母様……」

母の顔を目にした雪媛は、呆然と立ち尽くした。

彼女の上品で穏やかな顔の右半分には、隠しようもない火傷《やけど》の痕が痛々しく広がっていた。それを隠すこともなく、秋海は静かに微笑んでいる。

「クルムまで行っていたのですって？　まったく……退屈させない子だこと」

左手で、そっと娘の頬に触れる。

「陛下のことも聞いたわ。あなたを守って逝《ゆ》かれたと……。感謝してもしきれないわね。早いうちに陵《みささぎ》へ参って、お礼を申し上げなくては」

「おかあ、さま」

「忙しいんでしょう？　わざわざ来てもらって悪いわね。無理はしていない？　ちゃんと食べているの？」

秋海は、何も変わらず雪媛の母だった。

娘が今やこの国の最重要人物になったことなどどうでもいいかのように、以前と同じように娘を気遣う。

恐る恐るというように、雪媛は手を伸ばした。

その顔に触れるか触れないかというところで、手を止め、ぎゅっと握りしめる。

彼女の肩が、微かに震えているのがわかった。

「大丈夫よ。もう痛まないわ」

優しく囁いて、秋海は娘をぎゅっと抱きしめた。

ただし、怪我をした右腕はだらりと垂れたまま動かない。回した左手で、とんとんと雪媛の背中を優しく叩いてやる。

「泣かないで。大丈夫だから」

雪媛の嚙み殺すような嗚咽《おえつ》が、密やかに耳に届いた。

彼女の背中は、ひどく小さい。

幼い子どものように頼りないその姿を見つめながら、青嘉は冬の風にかたかたと音を立てる戸の音を聞いた。

夕暮れが迫っている。

赤く染まりだした華陵殿の傍を通りかかると、女たちの笑いさざめく声が溢れていた。

「あら、陛下は足がお速いこと」

「ほらほら陛下、こちらでございますよ」

「まぁ、捕まってしまいました」

追いかけっこでもしているのだろうか。

すると突然、門の向こうからぱっと駆け出してきた小さな影が、青嘉の前でぴたりと足を止めた。

幼くして皇帝の座についた少年は、驚いたようにこちらを仰ぎ見ていた。

「陛下、陛下お待ちくださいませ、陛下……！」

乳母《めのと》が慌てて追いかけてくる。

青嘉は恭しく膝をつき、目線を合わせて礼を取った。

「これは陛下。ご挨拶申し上げます」

「……誰？」

「王青嘉と申します」

少年はきょとんとしている。

幼い彼の周囲には、傅育役《ふいく》の女たちばかりが配されているので、青嘉のような男が物珍しいのだろう。

追いついた乳母が、息を切らして困ったように眉を下げる。

「陛下、勝手に外へ出られてはいけませんよ。さぁ、こちらへ。お菓子をご用意いたしましょう」

乳母の手をすり抜けて、少年は青嘉の背後に隠れてしまう。

「まぁ、陛下……」

青嘉は苦笑して、小さな少年をひょいと抱き上げた。

「陛下、あまり乳母を困らせませんように。——中へ連れていこう」

「ああ、ありがとうございます……！」

少年は、一気に高くなった目線に歓声を上げている。楽しそうにきゃっきゃと笑う彼の姿は、幼い頃の志宝を思い起こさせた。

（……この子も、長くは生きられないだろう）

雪媛は時期を見計らい、この幼帝から譲位されることによって皇帝の座につくつもりなのだ。そして禅譲が成った後、彼女が皇室の正統な血を引く子どもを生かしておくとは思

えなかった。

青嘉は昔、この少年に一度会ったことがある。昔といってもそれは今生《こんじょう》のことではなく、雪媛のいない、あのもうひとつの世界での出来事だった。

すでにその時、彼は豊かな髭《ひげ》を蓄えていた。表舞台に登場するような人物ではない。皇族の一人として、目立たず穏やかな人生を歩んだ人であった。

とある宴《うたげ》の席で、彼が青嘉に話しかけてきたのだ。

「将軍のご活躍は、かねがね耳にしておりました。お会いできて光栄でございます。実は私は、五国統一に関する伝記をまとめようと思っておりましてな。なに、ほんの趣味ではございますが。ぜひ、将軍のお話を直《じか》に聞かせていただきたい」

きらきらとした目でそう語り、青嘉の話に耳を傾けていたのを覚えている。野心など欠片《かけら》も持たぬ、穏やかで純朴な人物だった。

直接言葉を交わしたのは、そのたった一度。

それでも、今こうして幼い彼を目の前にすると、すでに夢幻に思えてきているもう一つの未来の登場人物が、不思議な懐《なつ》かしさでもって慕わしく感じられるのだった。

あの時の彼に再び出会うことは、もうない。

それは確信だった。

雪媛が皇帝となれば、この子の存在は最も邪魔なものとなる。

青嘉の胸に、悲しみが去来《きょらい》した。

それは、この幼子への憐《あわ》れみではない。雪媛の心がこれ以上歪《ひず》んでしまわないか、という不安。そして何より、子どもが殺されるという事実を受け入れてしまっている、自分自身の変化に対してだった。

青嘉にしがみついている手の、なんと小さなことだろう。

子ども特有の柔らかな温もりは不思議と心地よく、彼の心を自然と和《なご》ませた。

「もっと、もっと高く！」

少年は、青嘉にせがんだ。

「かしこまりました、陛下」

高い高いをしてやると、さらに彼は興奮して笑い転げる。

夕日が、その姿を照らす。

青嘉の足下には、黒々とした影が伸びていた。

【前巻までの登場人物】

玉瑛【ぎょくえい】……奴婢の少女。尹族であるがゆえに迫害され命を落とす。

柳雪媛【りゅうせつえん】……死んだはずの玉瑛の意識が入り込んだ人物。

秋海【しゅうかい】……雪媛の母。

芳明【ほうめい】……雪媛の侍女。かつては都一の芸妓だった美女。芸妓であった頃の名は彩虹。

天祐【てんゆう】……芳明の息子。

李尚宇【りしょうう】……代々柳家に仕える家出身の尹族の青年。雪媛の後押しで官吏となった。

金孟【きんもう】……豪商。雪媛によって皇宮との専売取引権を得た。

瑯【ろう】……山の中で烏や狼たちと暮らしていた青年。雪媛の護衛となる。

柳原許【りゅうげんきょ】……雪媛の父の従兄弟。柳一族の主。

柳弼【りゅうひつ】……雪媛が後宮で寵を得るようになってから成りあがった一族のひとり。

丹子【たんし】……秋海に仕える女。

柳猛虎【りゅうもうこ】……尹族の青年。雪媛の従兄弟にして元婚約者。

鐸昊【たくこう】……柳家に長く仕えた武人。

王青嘉【おうせいか】……武門の家と名高い王家の次男。雪媛の護衛となる。

珠麗【しゅれい】……青嘉の亡き兄の妻。志宝の母。

王志宝【おうしほう】……青嘉の甥。珠麗の息子。

朱江良【しゅこうりょう】……青嘉の従兄弟。皇宮に出仕する文官

文熹富【ぶんきふ】……江良の友人で、吏部尚書の息子。

碧成【へきせい】……瑞燕国の皇太子。のちに皇帝に即位。

昌王【しょうおう】……碧成の異母兄で、先帝の長子。歴戦の将。

阿津王【あつおう】……碧成の異母兄で、先帝の次男。知略に秀でる。

環王【かんおう】……碧成の六つ年下の同母弟。

蘇高易【そこうえき】……瑞燕国の中書令で碧成最大の後ろ盾。碧成を皇帝へと押し上げた人物。

雨菲【うひ】……蘇高易の娘。

唐智鴻【とうちこう】……珠麗の従兄弟。芳明のかつての恋人で、天祐の父親。

芣苡【ふい】……智鴻の妻。

蝶凌【ちょうりょう】……智鴻の娘。

瑞季【ずいき】……智鴻の娘。

薛雀熙【せつじゃくき】……司法機関・大理事の次官、大理小卿。芙蓉に毒を盛った疑惑をかけられた雪媛を詮議した。唐智鴻とは科挙合格者の同期。

独芙蓉【どくふよう】……碧成の側室のひとり。

平瓏【へいろう】……碧成と芙蓉の娘。瑞燕国公主。

独護堅【どくごけん】……芙蓉の父。瑞燕国の尚書令。

仁蟬【じんぜん】……独護堅の正妻。魯信の母。

詞陀【しだ】……芙蓉の母で独護堅の第二夫人。もとは独家に雇われた歌妓の一人。

独魯信【どくろしん】……護堅と仁蟬の息子。独家の長男。

独魯格【どくろかく】……護堅と詞陀の息子。独家の次男。

穆潼雲【ぼくどううん】……芙蓉の乳姉弟。もとの歴史では将来将軍となり青嘉を謀殺するはずだった男。

萬夏【ばんか】……潼雲の母親で、芙蓉の乳母。

凜惇【りんとん】……潼雲の妹。

曹婕妤【そうしょうよ】……碧成の側室。芙蓉派の一人。

許美人【きょびじん】……碧成の側室。芙蓉派の一人。

安純霞【あんじゅんか】……碧成の最初の皇后。

安得泉【あんとくせん】……純霞の父。没落した旧名家の当主。

安梅儀【あんばいぎ】……純霞の姉。

葉永祥【ようえいしょう】……弱冠十七歳にして史上最年少で科挙に合格した天才。純霞の幼馴染み。

愛珍【あいちん】……純霞と永祥の娘。

浣絽【かんりょ】……純霞の侍女。


司飛蓮【しひれん】……司家の長男。

司飛龍【しひりゅう】……飛蓮の双子の弟。兄の身代わりとなって処刑された。

司胤闕【しいんけつ】……飛蓮と飛龍の父。朝廷の高官だったが、冤罪で流刑に処され病死した。

曲律真【きょくりっしん】……豪商・曲家の一人息子。飛蓮の友人。

京【きょう】……律真の母。唐智鴻の姉。

呉月怜【ごげつれい】……美麗な女形役者。司飛蓮の仮の姿。

夏柏林【かはくりん】……月怜がいる一座の衣装係の少年。

呂檀【りょだん】……年若い女形役者。飛連を目障りに思っている。

黄楊殷【おうよういん】……もとの歴史で玉瑛の所有者だった、胡州を治める貴族。

黄楊慶【おうようけい】……楊殷の息子。眉目秀麗な青年。

黄花凰【おうかおう】……楊殷の娘。楊慶の妹。

黄楊戒【おうようかい】……黄楊殷の父親。

円恵【えんけい】……楊戒の妻。楊殷の母。

黄楊才【おうようさい】……楊戒の弟。息子は楊炎《ようえん》。

洪【こう】将軍……青嘉の父の長年の親友。

洪光庭【こうこうてい】……洪将軍の息子。青嘉とは昔からの顔馴染み。

周才人【しゅうさいじん】……後宮に入って間もない、年若い妃の一人。

濤花【とうか】……妓楼の妓女。江良の顔馴染み。

玄桃【げんとう】……妓楼の妓女。江良の顔馴染み。

陳眉娘【ちんびじょう】……反州に流刑にされた雪媛の身の回りの世話をした少女。

姜燗流【きょうかんる】……反州に流刑にされた雪媛を監視していた兵士。

嬌嬌【きょうきょう】……眉娘の従姉妹。

孔東睿【こうとうえい】……燦国出身の少年。衛国公主の身代わりとして女装して輿入れし、瑞燕国の皇后として振る舞う。

衛国【えいこく】公主……燦国の公主。恋人と駆け落ちして行方不明。

白柔蕾【はくじゅうらい】……後宮の妃のひとり。後宮入りしたばかりの雪媛の隣部屋に暮らす。位は才人。

白冠希【はくかんき】……柔蕾の弟。

富豆冰【ふとうひょう】……後宮の妃のひとり。父親の地位をかさに高慢なところがある。位は美人。

鷗頌【おうしょう】……後宮入りしたばかりの雪媛に仕えた宮女。

美貴妃／風淑妃／佟徳妃／路賢妃……雪媛が後宮入りしたばかりの頃、皇后に次ぐ位につき後宮で絶大な権力を握っていた四妃。

シディヴァ……瑞燕国北方を支配する遊牧民クルムの左賢王（皇太子）。
ユスフ……シディヴァの右腕であり夫。
オチル……クルムのカガン（皇帝）。シディヴァの父。
ツェツェグ……オチルの妃。シディヴァの異母弟アルトゥの母。
アルトゥ……シディヴァの異母弟。
タルカン……クルムの右賢王。オチルの弟。
ナスリーン……オアシス都市タンギラの王女。自称シディヴァの妻。
イマンガリ……オアシス都市タンギラの王。ナスリーンの父。
ツェレン……シディヴァに仕える巫覡。
バル……シディヴァ親衛隊所属の腕利き。
ムンバト……シディヴァ親衛隊の見習いの少年。
バータル……クルムの部族長のひとり。早くからシディヴァ支持を表明している。
モドゥ……オチルに仕える巫覡。
ネジャット……奴隷となった雪媛を買った大富豪。

※この作品はフィクションです。実在の人物・団体・事件などにはいっさい関係ありません。

集英社オレンジ文庫をお買い上げいただき、ありがとうございます。
ご意見・ご感想をお待ちしております。

●あて先
〒101-8050　東京都千代田区一ツ橋2-5-10
集英社オレンジ文庫編集部 気付
白洲　梓先生

集英社
オレンジ文庫

# 威風堂々悪女 12

2023年8月23日　第1刷発行

著　者　白洲　梓
発行者　今井孝昭
発行所　株式会社集英社
〒101-8050東京都千代田区一ツ橋2-5-10
電話【編集部】03-3230-6352
【読者係】03-3230-6080
【販売部】03-3230-6393（書店専用）
印刷所　大日本印刷株式会社


ISBN 978-4-08-680515-5 C0193

悪女
【漫画】蕗シャロン
【原作】白洲梓
雪媛が、
改めて歓迎する
王青嘉
私が柳雪媛だ
青嘉が、
どうしてこうなるんだ…
のっさ
ここは足場が悪いからな
適当に寺まで歩け
のっさ
で好評配信中！

漫画版
威風堂々
命を燃やし、運命へ抗う——！
この傷は
後の戦《いくさ》で
敵将との
一騎打ちで
できるはずの
傷だ——
——すべてを——
すべてを変えることが
できるのかもしれない——
電子レーベル
「ココロマンス」
より
各電子書店

# 威風堂々悪女
# 1〜11

かつて謀反に失敗した寵姫と同族
という理由で虐げられる玉瑛。
非業の死を遂げた魂は過去へと渡り、
寵姫の肉体に宿り歴史を塗り替える…！